EINE JUNGFRAU FÜR DEN MILLIARDÄR

MÄCHTIGE MILLIARDÄRE, BUCH 1

JESSA JAMES

Eine Jungfrau für den Milliardär: Copyright © 2018 by Jessa James as Lippenbekenntnis

Alle Rechte vorbehalten. Kein Teil dieses Buches darf in irgendeiner Form oder mit irgendwelchen Mitteln, elektronisch, digital oder mechanisch, reproduziert oder übertragen werden, einschließlich, aber nicht beschränkt auf Fotokopieren, Aufzeichnen, Scannen oder durch irgendeine Art von Datenspeicherungs- und Datenabfragesystem ohne ausdrückliche, schriftliche Genehmigung des Autors.

Veröffentlich von Jessa James
James, Jessa
Lip Service; Eine Jungfrau für den Milliardär

Coverdesign copyright 2020 by Jessa James, Autor
Images/Photo Credit: Deposit Photos: Maksymlshchenko; 4045qd; Ssilver

Dieses Buch wurde früher veröffentlicht als Lippenbekenntnis

1

Carter Buchanan, Milliardär, Präsident von Buchanan Industries — Abteilung Biotech

EMMA VERLIEß DEN KONFERENZRAUM, ihr sinnlicher Arsch schwang in dem verfickten Bleistiftrock von einer Seite zu anderen und ich konnte meinen Blick nicht von ihren Kurven lösen. Nicht einmal als mein Schwanz unter dem Tisch so hart wie Granit war. Es hatte mich erwischt. Wirklich erwischt. Ich hatte die geschwollensten Eier, die man sich denken konnte und das nur wegen Emma.

Sie kam vor einem Jahr mit einem Stapel Dokumente in mein Büro spaziert und stellte sich als die neue Sekretärin meines Bruders Ford vor, während ich in dem Moment fast in meiner Hose gekommen wäre. Mein Bruder hatte ein verficktes Glück. Seit dem Moment, in dem ich ihre perfekten Titten in dem engen schwarzen Pullover, ihre runden Hüften und ihren perfekten Arsch in der langen Leinenhose gesehen hatte, konnte ich nur noch daran denken, sie über meinen Schreibtisch zu beugen und zu der meinen zu machen.

Aber in der Firma galt eine strenge Hände-weg-Regel. Verdammt, also ließ ich meine Hände bei mir. Die Personalabteilung hätte ganz schön mit einer Klage zu tun, wenn sie wüsste, auf welche Arten ich Emma ficken und ihre Kurven für mich beanspruchen wollte, selbst wenn sie für Ford und damit eine andere Abteilung arbeitete.

Es war nicht nur ihr Körper, der mich verrückt machte – und meinen Schwanz in einem Dauerständer verwandelte – es war auch ihr scharfer Verstand. Weil sie überqualifiziert war, machte sie Fords Arbeit leicht. In der ersten Woche hatte sie unsere gemeinsamen Produktionspläne organisiert, was die vorherigen Assistenten wie unbeholfenen Narren aussehen ließ und meiner Sekretärin Tori dringend benötigte Erleichterung verschafft. Emma wusste, was Ford und ich brauchten, bevor wir es taten. Verdammt, selbst bei den anderen Führungskräften wusste sie es. Ich hatte überlegt, ob ich sie befördern sollte, aber ich würde es vermissen, dass sie jeden Dienstag und Donnerstagmorgen um Punkt 8 Uhr zum Meeting kam und leise sagte: „Guten Morgen, Mr Buchanan."

Ja, alle diese verfickten Gedanken – und die Gedanken zu ficken – machten mich zu einem Arschloch, aber ich habe sie nicht angefasst. Ich habe es mir auf unzählige verschiedene Arten vorgestellt, aber sie hatten eins gemeinsam. Ich würde sie roh ficken, kein Kondom, und ich würde sie mit meinem Sperma füllen. Ich würde so weit und so oft in sie reinspritzen, dass sie meinen Geruch nie wieder von ihrem Körper abwaschen könnte. Sie würde als die Meine markiert werden. Ja, jedes Fickfest in meinem Kopf endete damit, dass ich sie auf elementarste Art und Weise beanspruchte und sie mit meinem Baby füllte, während sie sich wand und um Erlösung bettelte.

Nicht gerade gentlemanlike, aber jedes Mal, wenn ich sie sah, vergaß ich meine Ausbildung und mein analytischer Verstand entwickelte sich eine Million Jahre zurück. Ich wurde etwas Ursprüngliches. Ein Höhlenmensch. Ich wollte mit meinen Fingern in ihre Haare greifen und sie in mein Büro schleifen und sie ficken. Sie sollte genau wissen, wem sie gehörte.

Ich habe meinen Bruder ab und zu diskret nach ihr gefragt. Ford hatte mir nur geantwortet, dass ich mich ficken und eine eigene Sekretärin finden sollte. Und deshalb habe ich sie seit zwölf Monaten in Ruhe gelassen. Ich war nicht nur ein Arschloch, ich war ein *altes* Arschloch. Ich war zehn Jahre älter als sie. Ich war bereit mich niederzulassen, für ein Haus mit Garten, zwei

Kindern und einen verfickten Labrador Retriever. Ich dachte an lauter verrückte Sachen und wollte Dinge, von denen ich im Traum nicht geglaubt habe, sie zu wollen. Aber ich wollte. Ich wollte das verfickte Haus. Ich wollte sie rund und schwanger mit meinem Baby. Ich wollte sogar den verfickten Hund. Aber nur mit ihr.

Leider war sie noch nicht so weit. Emma war erst vierundzwanzig und musste noch ein wenig leben, ehe ein dominantes Höhlenmännchen wie ich ihr Leben übernahm. Wenn sie erst einmal mir gehörte, wollte ich die totale Kontrolle. Ich würde sie ficken, wann ich wollte, sie so verwöhnen, wie ich wollte, sie so oft auf meinem harten Schwanz kommen lassen, dass sie nie wieder einem anderen Mann ansehen würde. Ich würde sie ruinieren und dafür war sie noch nicht bereit. Nicht für das, was ich ihr geben wollte. Ich habe bereits seit einem Jahr gewartet und in ein paar Wochen würde sie mit ihrem Master in Finance abschließen. Yeah, sie kann jederzeit meine Zahlen analysieren.

Sicher, ich habe wie ein verfickter Gentleman gewartet, versucht ihr den Freiraum zu geben, um sich auszutoben. Ich dachte also, ein paar Wochen länger halte ich noch aus.

Das war zumindest der Plan. Aber dann hörte ich im Gang ihre Stimme aus dem Kopierraum und alles änderte sich.

„Ich hasse es, eine Jungfrau zu sein", sagte sie. Ich bezweifelte, dass sie wusste, dass ich sie hören konnte, aber ich freute mich über ihr Geständnis. Wenn noch jemand ihr Geheimnis wüsste, würde ich ihn windelweich prügeln. Niemand spielte mit Emma.

Sie war vielleicht Fords Sekretärin, aber sie gehörte mir.

Ich ging nach unserem Donnerstagsmeeting im vierzehnten Stock Richtung Fahrstuhl als ich ihre Stimme erkannte. Es waren aber ihre Worte, die mich dazu brachten, mich an die Wand zu lehnen und zu verstecken. Lauschend. Sie hatte mich zu einem verfickten Lauscher gemacht. Nein, die Tatsache, dass sie gesagt hatte, dass sie noch Jungfrau war, hatte es gemacht.

„Es ist nichts falsch daran, eine Jungfrau zu sein." Ich erkannte die Stimme meiner Sekretärin Tori. Sie war Ende zwanzig, Single und bildschön. Ich hatte ihr gesagt, sie solle mit Ford ausgehen, aber sie hatte nur die Stirn hochgezogen und erklärt, dass sie den Männern abgeschworen hätte. Sie arbeitete seit über einem Jahr für mich und das war alles, was ich über sie wusste. Und dank ihres *leg-dich-nicht-mit-mir-an*-Blicks fragte ich nicht nach Details. Ich hatte nicht die Zeit in ihrem Privatleben herumzuschnüffeln. Wie immer war sie effizient und professionell und ich fand ihre Worte an Emma richtig.

„Ich bin vierundzwanzig, Tori. Ich muss die älteste Jungfrau der Welt sein."

Ich stelle sie mir vor, unberührt, rein. Gott, allein wegen des Gedankens, dass diese Pussy noch nie gefickt worden war, musste ich meinen Schwanz zurechtrücken. Ich sah den Gang entlang, damit niemand sehen konnte, dass mein Schwanz hart war.

„Dann machen ein paar Tage, Wochen, verdammt, Monate auch keinen Unterschied mehr. Glaub mir in diesem Fall." Die Frau hat für diese Antwort eine Gehaltserhöhung verdient.

„Dieser Typ, Jim, ist aus meinem Apartment geflüchtet, als ich ihm gesagt habe, dass ich noch nie Sex hatte. Er hat mich als Einhorn bezeichnet. Was soll das verdammt noch Mal bedeuten?"

Ich hörte, wie sich die Tür zum Kopierraum öffnete und schloss. Der Kopierer fing an zu kopieren.

„Er war ein Arschloch", antwortete Tori.

Zum Glück war er ein Arschloch. Ich hatte keine Ahnung, wer Jim war, aber er hatte weder meine süße Emma noch ihre unschuldige Pussy verdient.

„Ich sage dir, lass es. Du willst dein erstes Mal nicht mir irgendeinem Typen aus der Bar erleben", sagte Tori.

Welcher Typ, welche Bar. Ich richtete mich auf und lehnte mich näher.

„Ja, aber das Jungfrau-Ding ist mir im Weg. Kein Typ will etwas mit einer

Jungfrau anfangen, Tori. Ich bin wie ein Kind, das bei den Erwachsenen mitspielen will. Es ist nur eine Nacht und fertig. Dann kann ich mein erstes Mal abhaken und weitermachen."

Niemand wollte was von ihr? Verdammt, sie war perfekt, so wie sie war. Das-Mädchen-von-nebenan-perfekt und ich hatte befürchtet, dass ich sie verderben würde. Ich war kein guter Typ. Verdammt, ich hatte genug Frauen gehabt, um zu wissen, was sie von mir dachten. Ich war – bisher – der einmal ficken-und-weiter-Typ, aber ich habe auch nie mehr als eine Nacht versprochen und alle haben es vorher gewusst. Ich wollte nur etwas Befriedigung, eine kleine Pause und etwas Vergessen in den willigen Körpern. Ich hatte nie mehr versprochen. Niemals. Hatte nie mehr gewollt. Bis Emma. Und ich wollte ihr alles geben.

„Dann wähle jemanden, mit dem es sich lohnt. Wir beide wissen, wen du wirklich willst."

Ich hörte Emma lachen, aber es klang nicht süß, sondern traurig. „Ja, als ob das je passieren würde. Er weiß doch nicht einmal, dass es mich gibt."

Tori lachte. „Vielleicht solltest du nackt rumlaufen. Er merkt es, glaube mir. Und ich habe gehört, dass er im Bett verdammt gut sein soll."

„Gott, erzähl mir solche Sachen nicht", bat Emma. „Ich kann jetzt schon nicht mehr denken, wenn ich in seiner Nähe bin."

„Ernsthaft Mädel. Warum stylst du dich nicht einmal ein wenig. Zeig ein wenig Dekolleté. Verführ ihn."

„Wirklich? Ich? Du willst mich veräppeln. Ich bin so sexy wie eine Kindergärtnerin." Emma seufzte und ich stellte mir vor, wie sie ihre Arme verschränkte und kannte ihren Gesichtsausdruck. „Hier liegt auch das Problem, Tori. Große, dumme Jungfrau, erinnerst du dich? Er würde keine Zeit an mich verschwenden. Er scheint nicht gerade auf Jungfrauen zu stehen. Und genau deshalb lasse ich mich heute flachlegen."

Heute? Und für wen hatte sich meine Emma entschieden? Von wem zum Teufel sprach sie? War Emma an jemanden interessiert? Ich habe nie etwas von einem Date gehört und Ford hielt alle, die für ihn arbeiteten, im genau Auge. Das Büro war klein genug, um herauszufinden, was sie die meiste Zeit tat. Nur Brad aus der Buchhaltung hatte versucht, sich ihr letztes Thanksgiving zu nähern und ihn hatte ich schnell genug ausgeschaltet. Nach wem zur Hölle sehnte sie sich und warum wusste ich nichts über ihn? Ich war ein eifersüchtiger Arsch, aber ich war egoistisch, verdammt. Ich wollte sie ganz für mich allein haben.

„Ich glaube ein One-Night-Stand mit einem Typen, den du in einer Bar aufgabelst ist eine schlechte Idee."

Gesegnet seien Tori und ihr weiser Rat. Das Problem war, meine Emma hörte nicht zu.

„Pass auf, Tori, es ist ok. Jemand fremdes ist besser. Wenn ich im Bett schlecht bin, brauche ich ihn nie wiederzusehen. Ich will endlich wissen, wie es sich anfühlt einen Mann in mir zu haben. Ich will, dass er verschwitzt, herrisch und so verfickt hart ist, dass er es nicht erwarten kann mich zu ficken. Ich will einen echten Mann. Ich will Haut und Küsse und einen echten Schwanz, nicht Batterie-Bob."

Meine Eier zogen sich bei ihren Worten zusammen. Sie wollte Haut?

Küsse? Einen herrischen Mann mit großem Schwanz?

Ich hatte einen Schwanz, den sie die ganze Nacht reiten konnte.

Tori lachte. „Ok, ok. Du bist ein großes Mädchen. Wir treffen uns heute im Frankie's. Sieben Uhr. Wenn du auf einen One-Night-Stand bestehst, werde ich darauf achten, dass du Kondome hast und der Typ kein Serienmörder ist."

„Danke, Tori!" Emma war wirklich aufgeregt. Ich kannte diesen Ton und es war der gleiche wie am Valentinstag, als ihr Blumen geliefert wurden. Zwei Dutzend langstielige rote Rosen von einem heimlichen Verehrer. Mir.

Ford hatte mich persönlich angerufen und gewarnt, mich zurückzuhalten. Nun, das habe ich. Ich hatte versprochen bis zu ihrem Abschluss zu warten, ehe ich auf sie zugehen würde.

Aber ihre Pläne für heute Abend änderten alles.

Den einzigen Schwanz, den Emma heute oder in jeder anderen verfickten Nacht in sich haben würde, war meiner.

Als zwei Mitarbeiter aus der Finanzabteilung in meine Richtung kamen, drehte ich mich um und ging ich zurück und flüchtete mich in die Herrentoilette. Emma sollte nicht wissen, dass ich sie belauscht habe und ich brauchte einen Moment, um meinen Schwanz zur Ordnung zu rufen.

Fünfzehn Minuten später saß ich wieder an meinem Schreibtisch und sah zu, wie die sexieste Frau auf dem Planeten mit den getippten Berichten unseres morgendlichen Meetings in mein Büro kam. Ja, ich könnte die verdammten Sachen per E-Mail bekommen, aber mir gefiel es, sie ausgedruckt und geliefert zu bekommen. Ich war alt, verdammt und daran würde sich nichts ändern, vor allem nicht, wenn sie dafür durch meine Bürotür kam.

Emma legte den Bericht auf eine Schreibtischecke und sah mich nicht einmal an. Vielleicht war es auch besser so, wenn man bedenkt, wie ich ihre Kurven mit meinen Blicken verschlang.

„Es ist fünf Uhr, Mr Buchanan. Wenn Sie sonst nichts mehr brauchen, würde ich jetzt Feierabend machen."

Ich schluckte schwer. Brauchen? Ja, ich brauchte etwas, aber ich würde es mir nicht hier nehmen, in meinem Büro, mit ihren Rock über ihren üppigen Hintern hochgezogen und ihrem Kopf auf meinem Schreibtisch.

Zumindest jetzt noch nicht. Das kommt später. Wenn sie wusste, zu wem sie gehörte. Wenn ihr Körper wusste, dass er mir gehörte.

„Das ist in Ordnung, Emma. Treffen Sie sich in der Stadt mit den anderen für ihren gewohnten Donnerstagabend in der Frankie's Bar?" Der Laden war gehoben, teuer und bot exotische Drinks wie Schokoladen-Martinis. Außerdem war er nur zwei Blocks vom Büro entfernt. Also, ja, die Bar war seit Jahren ein Lieblingsort der Buchanan-Mitarbeiter.

Ihre Wangen wurden rosa und sie biss sich auf die Lippe, aber sie hob auch überrascht den Kopf und begegnete meinem Blick. Ich fühlte diesen strahlenden, unschuldigen Blick bis hinunter zu meinen Zehen.

Ich stellte mir vor, wie sie mit diesen großen, runden Augen einen Fremden in einer Bar beurteilte. Seine Einladung auf ein Getränk annahm.

zustimmte, mit ihm nach Hause zu gehen. Sie würde den verfickten engen Rock ausziehen und ihre Beine um seine Taille schlingen.

Fuck.

Ich musste mich abwenden, aus Angst, sie würde die Wut sehen, die sich in meinem Kopf aufbaute und wie ein Hornissennest brummte. Niemand durfte sie verdammt noch mal berühren. Niemand außer mir.

Nachdem ich bis zehn gezählt hatte, schaute ich wieder auf.

Sie grinste und griff an die Ecke des Notizblocks und der Papiere, die sie vor ihrer Brust hielt. „Ja. Alle treffen sich nach der Arbeit dort. Woher wissen Sie von Frankie's? Ich habe Sie noch nie zuvor dort gesehen."

Ich stand langsam auf, ging um den Schreibtisch herum und blieb direkt vor ihr stehen. Mehr als alles andere wollte ich sie in meine Arme nehmen und ihr verbieten, diese Fleischbörse zu betreten. Ich wusste nur zu gut, dass viele junge, arrogante Ärsche dort darauf warteten, eine weiche, kurvige Jungfrau wie meine Emma zu bekommen. Sie zogen ihre Anzüge an, strichen ihre Haare zurück und warfen hundert Dollarscheine auf die Bar, um die Damen zu beeindrucken und Emma zu beeindrucken.

Ihre Augen wurden größer, als ich näher kam, aber sie blieb stehen. Da war mein Mädchen. Ich liebte diesen Mumm, dieses verdammte Feuer. Sie wich nie zurück. Nicht einmal in all den Monaten, die sie für die Buchanans gearbeitet hat.

Ich konnte ihr nicht länger widerstehen und legte meine Hand auf ihre Schulter in der Hoffnung, dass ich nicht wie ein Arschloch wirken würde.

Sie sah verwirrt auf meine Hand, da war ich sicher, schließlich hatte ich sie auch noch nie vorher berührt, aber die ließ es zu.

Ich wartete geduldig, bis sie ihren Blick zu mir hob. "Mich hat nie jemand eingeladen."

„Was?" Sie sah mich überrascht an. „Wie? Ich meine, Entschuldigung. Ich wusste nicht. Ich... das ist nicht was... ich—"

Sie war so verdammt schön, wenn sie stotterte und ihre Besorgnis um meine Gefühle war zum niederknien.

Ich lehnte mich vor und gab ihr einen Kuss auf die Wange, ehe ich einen Schritt zurück machte. „Mach dir um mich keine Sorgen, Emma."

Sie schnappte überrascht nach Luft, biss sich dann aber schnell auf die Lippen. Ihre Wange unter meinen Lippen hatte sich warm und weich wie Seide angefühlt. Ich wollte mehr, wollte wissen, ob sie überall so verdammt weich war. Ihren Geruch…

„Nein", antwortete sie. „Ich denke, Sie sollten kommen. Lernen Sie alle besser kennen. Vielleicht haben sie dann weniger A—"

Emma unterbrach sich gerade noch rechtzeitig und ich war vor Lachen meinen Kopf zurück.

„Angst?"

Sie wurde tiefrot und ich hatte das Bedürfnis zu überprüfen, ob ihre Brüste genauso rot waren wie ihr Gesicht.

„Es tut mir leid." seufzte sie. „Normalerweise bin ich nicht so neben der Rolle. Normalerweise sage ich—"

„Mir nicht die Wahrheit?" unterbrach ich sie.

Sie hob eine Augenbraue, sah mich aber direkt an. „Ich sage Ihnen die Wahrheit, ich erzähle keine Märchen."

„Weil du schlau bist."

Jetzt musste sie lachen „Anscheinend nicht in Ihrer Nähe." Ihr Blick glitt hinab zu meinem Mund, meinen Lippen, nur für einen kurzen Moment, aber ich sah es und wusste, ich würde sie haben. Bald.

Ich drückte ihre Schultern und ließ sie widerstrebend los. „Geh schon, Emma. Es war eine harte Woche. Du solltest gehen, ehe die anderen glauben, ich halte dich gefangen."

Gefangen, unter mir. Über mir. Über meinen Schreibtisch gebeugt.

Es war so, als ob mein Schwanz die Kontrolle über meinen Kopf übernommen hatte.

„Bis morgen." Emma verließ mein Büro ohne noch einmal zurückzublicken, ihre blonden Haare schwangen über ihre Schultern und ihr runder Arsch wog ausladend, während ich wie ein Idiot alleine dort stehenblieb.

Ich wäre ihr fast hinterhergelaufen. Stattdessen ballte ich meine Hände zu Fäusten und erzählte meinem Schwanz, er solle sich verdammt noch mal zusammenreißen. Noch würde nichts laufen.

Erst musste ich Emma davon überzeugen, dass ich der richtige Mann für sie war, der *einzige* Mann.

Es war verdammt noch Mal keine Option, dass Emma ihre Unschuld an irgendeinen Wichser aus der Bar verschenkte. Sie wollte einen Schwanz? Ich hatte einen, den sie gerne benutzen konnte. Aber ich wollte nicht nur einen One-Night-Stand. Ich wollte sie jede Nacht. Ich habe mich zurückgehalten, weil sie so rein war, weil ich sie nicht mit meinen Grundbedürfnissen ruinieren wollte. Und weil ich wusste, dass sie Pläne hatte und gerade ihren Abschluss machte. Ich habe versucht, wie ein gottverdammter Gentleman zu warten, bis sie soweit war.

Damit war es vorbei. Wenn sie bereit war ihren Körper zu vergeben, konnte sie ihn verdammt noch mal mir geben und sonst niemanden. Ich wollte Emma. Ihr Körper gehörte mir. Ihr Lächeln gehörte mir. Ihr sinnlicher Mund war dafür da, von mir gefickt zu werden. Ihre Unschuld gehörte mir. Ich würde sie nicht teilen. Ich konnte nicht danebenstehen und dabei zusehen, wie sie sich an irgendeinen Fremden verschenkte, der sie nur zu gerne fickte, um sie dann zu vergessen.

Sie hatte etwas Besseres verdient und ich würde dafür sorgen, dass sie es bekam.

Für immer. Ja, Emma würde heute

Nacht mir gehören. Anschließend würde es keine Zweifel mehr geben, zu wem sie gehörte.

Vorher musste ich sie aber noch davon überzeugen, dass ich nicht nur mit ihr spielen wollte. Ich würde sie zum Essen einladen und die Tür aufhalten, das würde ich tun. Ich würde sie verführen, sie bei jedem Orgasmus schreien lassen und ihre nasse Pussy mit meinem großen, harten Schwanz füllen. Ich würde ihr jeden verfickten Tag Rosen schicken und sie küssen, bis sie keine Luft mehr bekam. Letztendlich würde ich ihr meinen Ring an den Finger stecken und ihr mein Baby in den Bauch pflanzen. Ich würde auf jede erdenkliche Art und Weise Anspruch auf sie erheben, wie ein Mann Anspruch auf seine Frau erheben kann.

Ich war es leid, mich zurückzuhalten und sie vor meiner Dunkelheit zu schützen. Wenn sie bereit für mehr war, würde ich es ihr geben. Ich. Niemand sonst.

Sie gehörte mir, auch wenn sie es noch nicht wusste.

2

Emma Sanders

ICH KORRIGIERTE die Trägerlänge meines neuen rosa BHs und betrachtete mich im Spiegel. Die Kombination aus rosa Spitze und Satin brachte meine großen Brüste unglaublich zur Geltung. Mein Dekolleté war mit dem Push-Up beeindruckend. Ich konnte nur hoffen, dass der Typ, den ich heute mit nach Hause nehmen würde, auf

Titten stand. Große, runde, weiche Titten, die so empfindlich waren, dass es mich jedes Mal durchfuhr, wenn ich zufällig den Bruder meines Chefs berührte. *Carter.*

Ich holte tief Luft, um mich zu beruhigen. Jedes Mal, wenn ich daran dachte, was ich heute Nacht machen würde, rastete ich aus. Ok, vielleicht war einen x-beliebigen Typen in einer Bar aufzugabeln und mich von ihm entkorken zu lassen, doch nicht die beste Idee, die ich je hatte. Aber ich war verzweifelt. Niemand wollte ein Date mit einer verklemmten, vierundzwanzig Jahre alten Jungfrau. Die Männer dachten, ich sei super religiös und wollte einen Verlobungsring oder sie hielten mich für frigide, verkrampft und unberührbar.

Ich würde irgendeinen heißen Typen, den ich in der Bar treffen würde, ficken. Ich würde nicht nachfragen und ihm nicht sagen, dass ich noch Jungfrau war. Nein, verdammt. Das würde alles zunichte machen. Ich wollte nicht, dass er von meinem unseligen Zustand wusste, ehe er seinen Schwanz tief in mir hatte und es erledigt war.

Wenn er es wüsste, würde er mich nicht anrühren. Heiß und geil und verzweifelt nach einem Fick sehnend. Aber irgendetwas an Jungfrauen schreckte alle potentiellen Lover ab.

Ich war nichts Besonderes. Wie könnte ich? Ich war nur immer noch Jungfrau. Wenn ich sexy genug, attraktiv genug, *heiß* genug wäre, hätte ich jedes Wochenende ein Date. Aber nein. Ich konnte keinen Mann verführen, weil ich keine Erfahrung hatte. Ich wüsste nicht, wie man sich sexy verhielt oder ich einen Liebhaber in mein Bett locken konnte. Diese unsichtbaren Signale zwischen zwei Menschen? Ich wusste, dass es sie gab, aber nicht, wie sie funktionierten.

Wenn ich dieses Jungfrau-Problem nicht bald löste, würde ich noch zu einer alten Katzenlady. Eine unverheiratete alte Katzenlady mit Spinnweben vor der Muschi. Als ich meinem letzten Date Jim erzählt habe, dass ich noch nie Sex gehabt hatte, ist ihm die Kinnlade heruntergefallen und er hatte Angst mich anzufassen. Schließlich hat er mich als Einhorn bezeichnet.

Ein Einhorn. Niemand wollte ein Einhorn ficken. Zumindest Jim nicht, er war schneller aus der Tür raus als ich reagieren konnte.

Es sah wirklich so aus, als wenn kein Mann etwas mit Jungfrauen zu tun haben wollte. Es war ja nicht so, dass ich mich für jemand bestimmtes aufgespart habe, ich habe nur noch nicht den Kerl getroffen, den ich so sehr wollte, dass ich meine Beine breit gemacht habe, damit er mich nehmen konnte.

Außer Carter Buchanan. Aber er spielte in einer ganz anderen Liga und allein seinen Namen zu denken war einziger Witz. Er war ein wandelndes Cliché, groß, dunkel und gutaussehend. Sein braunes Haar reichte im Nacken bis auf seinen Kragen und ich starrte oft auf die weichen Wellen, wenn er nicht hinsah und stellte mir vor, mit meinen Fingern durch seine Haare zu fahren. Seine dunklen Augen blickten intensiv. Jedes Mal, wenn er mich ansah, hatte ich das Gefühl, er könnte meine Gedanken lesen. Carter war sexy, erfolgreich. Ein Scheiß-Milliardär Buchanan, Teil der berühmtesten, reichsten, heißesten Junggesellen in

Colorado. Und der Bruder von meinem Boss Ford.

Sicher, ich arbeitete mit ihm, brachte Berichte und Ordner in sein Büro, aber Carter Buchanan wusste kaum, dass es mich gab und es wurde Zeit, dass ich damit aufhörte mich nach etwas zu sehnen, dass ich niemals haben konnte.

Mein Spiegel war immer noch von meiner heißen Dusche beschlagen. Ich wischte ihn mit meinem Handtuch trocken und frischte meinen Lippenstift auf, ehe ich zurück ins Schlafzimmer ging und nach meinem Kleid griff.

Ja, ich war ein Einhorn. Ein geiles Einhorn mit einem gewissen Verlangen. Und Carter Buchanan allein war schuld daran. Sicher, er war unerreichbar, aber er war auch das Objekt meiner Begierde.

Wenn es nach mir ginge, würde ich

in sein Büro marschieren, auf seinen Schoß klettern, während er an seinem Schreibtisch telefonierte und ihn vögeln. Ich würde seinen riesigen Schwanz — und in meinen Träumen war er riesig — aus seiner Anzugshose holen und mich damit durchbohren. Er würde mein dummes Jungfernhäutchen mit gnadenloser Präzision durchstoßen und mich dann so gekonnt ficken, dass ich hinterher gesättigt und sehr befriedigt wäre.

So wie die ganzen anderen Frauen, die er vor mir hatte. Ich zog mir mein kleines Schwarzes an, während ich an Sheila und Tamera und Evelyn dachte, all die Frauen, mit denen er bei verschiedenen Veranstaltungen und Firmenpartys aufgetaucht war. Ich konnte ihn kaum ansehen, während er seine Hand auf ihre schmalen Rücken legte. Seine Berührungen waren nie offene sexuelle Gesten — ich habe nie ein besonders sexuelles Verhalten mit einer von ihnen beobachtet — aber ich wollte trotzdem, dass er es mit mir tat. Ich wollte seine warme Hand auf meinem Rücken spüren und er konnte mich hinführen, wohin immer er wollte.

Ich wollte ihn mit so einer Begierde, dass ich den anderen Frauen mit meinem Brieföffner die Augen ausstechen wollte. Aber ich brauchte meinen Job bei Buchanan Industries, um mein Studium zu finanzieren, also hielt ich mich im Zaum. Carter wusste nicht, dass ich davon träumte, dass er mich über seinen Schreibtisch beugte, den Rock hochschob und mich hart fickte. Seine Hand würde über meinem Mund liegen, damit niemand anderes hören konnte, wie ich kam. Ich kümmerte mich nicht um die Firmenpolitik. Er wusste nicht, dass ich jedes Mal seinen Arsch anschmachtete, wenn er Fords Büro verließ, sonst hätte er mich längst der Personalabteilung gemeldet. Ich war nur die Sekretärin seines Bruders und er hatte nie in irgendeiner Form gezeigt, dass er an mir interessiert war. Bis heute.

Heute hat er mich angefasst, meine Wange geküsst. Hat er versucht für heute eine Einladung ins Frankie's zu bekommen?

„Halte die Klappe, Frau. Du bist echt fertig." Ich rief mich selber in der Stille meines Schlafzimmers zur Ordnung. Carter Buchanan war ein Milliardär. Ein sexy, arroganter, kompromissloser Geschäftsmann. Er würde sich in einer Million Jahren nicht für eine Jungfrau wie mich interessieren. Und wenn doch, was könnte ich ihm bieten? Würde ich ihm meine

Unschuld schenken und nur um eine weitere Kerbe in seinem Bettpfosten zu sein?

Ja, verdammt.

Während ich in meine High-Heels stieg wusste ich, dass es egal war. Ich würde die Firma eh bald verlassen. Sicher war es interessant und lehrreich, Fords Sekretärin zu sein, aber ich habe nicht sechs verdammte Jahre studiert, um Anrufe entgegenzunehmen oder einen Kalender zu führen. Nein, gestern kam der Anruf, ein Job in der Finanzabteilung einer neuen Firma. Für mich. Dreifaches Gehalt, nur halb so viel Überstunden. Morgen hatte ich mein Vorstellungsgespräch mit dem CEO, aber sie hatten mir den Job schon angeboten.

Ford hatte meine Kündigung schon bekommen. In einer Woche war ich weg.

Nie mehr kopieren oder Kaffee holen. Ich würde mein eigenes Büro haben, mit meinem eigenen Assistenten, der für mich arbeiten würde. Dienstags und donnerstags keine Treffen mehr mit Carter Buchanan. Ihm nie wieder gegenüber sitzen und seinen verführerischen Duft einatmen.

Nie wieder Carter.

Ich ging an meinen Nachttisch und nahm meine Lieblingsdiamantstecker und sagte mir. „Es ist am Besten so, Emma. Du kannst ihn nicht haben. Es ist Zeit weiterzugehen."

Nie. Wieder. Carter.

Ich hielt es nicht mehr aus, ihn ständig mit anderen wunderschönen Frauen im Arm zu sehen. Ich musste den Traum, dass er mich *irgendwann* wollte und mich nicht nur als Angestellte sah, begraben. Deshalb war ich also dankbar für die Veränderungen, die mein neuer Job mit sich brachte. Ich musste dieses dämliche Verlangen nach Carter loslassen und weiterleben.

Ab heute Abend. Zuerst musste ich einen Kerl finden, der Spaß haben wollte. In ein paar Wochen würde ich meine neue Arbeit als vollwertige Frau aufnehmen und wäre endlich von meiner Obsession mit Carter Buchanan befreit.

3

arter

Ich war früh in der Bar und saß auf einem Hocker in einer dunklen Ecke, nippte an meinem Drink und beobachtete Emma. Sie hat sich pünktlich um sieben mit Tori getroffen—ihre Pünktlichkeit war schon fast zwanghaft—und hatte einen Drink. Nur einen, was mich entspannte.

Sie sprachen und sahen sich im

Raum um, zweifelsohne, um die Auswahl an Männern für Emma zu diskutieren. Ich war damit zufrieden, in meiner Ecke zu sitzen und ihre Rundungen, ihre roten Lippen und ihre blonden Haare, die in Locken in ihrem Nacken fielen, anzustarren. Als die Frauen sich auf die Tanzfläche bewegten und zufällig Männer auf sie zutraten, war es mit meiner Geduld fast vorbei. Tori sah wie immer großartig aus und das enge weiße Kleid schmiegte sich an ihre Kurven. Ihr Haar war kastanienbraun und neben Emmas hellblondem Haar und deren engem schwarzen Kleid waren es wirklich gefährliche Kurven. Ich war nicht der einzige Mann im Raum, dem das aufgefallen war.

Nach dem dritten Song ging Tori auf die Toilette und ließ Emma allein. Ein Typ hatte bereits zwei Songs mit ihr getanzt und sich mit ihr in dem gleichmäßigen Rhythmus der Musik hin und her gewogen. Er hatte sie nicht angefasst. Noch nicht. Alle Männer beobachteten sie in ihrem engen schwarzen Kleid, dass ich aus dem Büro kannte. Der V-Ausschnitt zeigte ihre Brüste. Widerwillig musste ich zugeben, dass sie sich geschmackvoll kleidete. Emma war keine Schlampe, sie hatte Klasse. Aber ich hatte auch noch nie so viel von ihrem Dekolleté gesehen.

Der Anblick war für mich, nicht für die anderen notgeilen Arschlöcher in der Bar. Als der Typ sich hinter sie bewegte, seine Hände auf ihre Hüften legte und begann sich an ihrem Arsch zu reiben, hatte ich genug gewartet.

Der Typ hatte nur eine Sache im Sinn. Ihre Pussy. Und diese Pussy gehörte mir.

Ich warf etwas Geld auf den Tresen

und ging über die Tanzfläche. Emmas Augen waren geschlossen und sie bewegte sich zur Musik, wie zu einem inneren Rhythmus. Als ich näher trat, sah mich der Typ an. Ich legte meinen Kopf zur Seite und sagte ihm ohne Worte, dass er verduften sollte.

Vielleicht lag es daran, dass ich direkt vor ihm stand. Vielleicht war es mein Gesichtsausdruck, auf jeden Fall nahm er die Hände von Emmas Hüfte, hielt sie hoch und verschwand.

Der Mann hatten einen guten Selbsterhaltungstrieb, denn näher als das hätte er seinen Schwanz nie an Emma heranbekommen.

Ich nahm den Platz hinter ihr ein und fasste sie zu zweiten Mal an. Ich war froh, dass die Musik so laut war, dass man mein Stöhnen nicht hören konnte. Sie war so warm, ihr Körper so weich und verführerisch. Ich trat näher und bewegte mit ihr, während ich meinen Schwanz gegen ihren weichen Arsch presste. Ich beugte mich vor, um sie besser riechen zu können. Als sie ihren Kopf zur Seite legte, küsste ich ihre verschwitzte Haut und leckte mir ihren Geschmack von den Lippen.

Ihr noch feuchtes Haar roch nach Zitronengras und Zucker, aber ihr Nacken schmeckte salzig und süß und ich fragte mich, ob ihre Pussy auch so schmecken würde. Bei den Gedanken lief mir das Wasser im Mund zusammen, aber nicht hier. Nicht jetzt.

Jetzt genoss ich es, sie zu halten, ihre ungehemmten Bewegungen zu spüren. Ich sah Tori wiederkommen und wie sich ihre brauen Augen weiteten, als sie mich mit Emma in meinen Armen tanzen sah. Diese Frau würde mich nicht von Emma abhalten. Sie würde mich nicht davon abhalten, das zu bekommen, was ich wollte. Nein, verdammt. Weil Emma bereits mir gehörte. Die Art, wie Tori lächelte, verriet mir, dass sie es auch wusste. Sie wies mit ihrem Kopf zum Eingang und ich nickte zur Antwort. Sie ging und wusste, dass ich dafür sorgen würde, dass Emma heute Nacht gut aufgehoben war. Ja, diese Frau war ein Genie und sie würde eine verdammte Gehaltserhöhung bekommen.

Als der Song zu Ende war, drehte Emma sich um und legte ihre Hände auf meine Brust. Als sie aufsah, mich durch ihre langen Wimpern anblickte und erkannt, erstarrte sie. Sie ließ mich so schnell los als, wenn sie sich verbrannt hätte, aber ich fasste ihre Handgelenke und legte ihre Hände wieder an ihren Platz.

„Carter", sie holte Luft und meinen Namen von ihren Lippen zu hören zog meine Eier zusammen. Sie hatte noch nie meinen Namen gesagt und plötzlich wollte ich ihn wieder und wieder hören, am liebsten, wenn sie mich anfleht, dass ich sie mit meinem Schwanz dehnte. Ihre Augen waren groß während sie über ihre Lippen leckte. Ich bezweifle, dass sie wusste, was diese Geste mit mir anstellte. „Es tut mir leid. Ich meine Mr. Buchanan. Was machen Sie hier?"

„Mit dir tanzen." Ich lächelte, aber machte sie nur noch nervöser.

„Ich denke nicht... Ich meine, wir sollten nicht."

„Tanzen?"

Sie nickte und sah sich um. Die Menschen um uns herum tanzen, ohne die Spannung zwischen uns beiden zu spüren.

„Also gut, Emma. Wir müssen nicht tanzen."

Ich ließ eine ihrer Hände los und zog sie hinter mir her zu einem VIP-Raum für besondere Kunden wie die Buchanan Brüder.

„Warte!", rief sie und stemmte sich mit ihren Fick-mich-Absätzen in den Holzboden der Tanzfläche.

Ich drehte mich zu ihr um und betrachtete ihre großen, wilden Augen und ihre heftige Atmung, die ihre Brüste noch mehr gegen ihr Kleid presste.

„"Wohin bringst du mich? Ich muss Tori finden."

Ich trat näher, strich ihr eine Strähne hinters Ohr und beobachtete, wie sie ihre Lippen leckte. Ich unterdrückte ein Stöhnen.

„Tori ist ein großes Mädchen. Ich bin sicher, sie kann auf sich selber aufpassen. „

„Aber... wohin gehen wir?"

„An einen privaten Ort", antwortete ich.

„Aber... du kannst nicht. Ich meine, ich sollte nicht. Ich muss—"

Sie bis sich auf die Lippen als ich aufhörte mich zu bewegen. Ich zog sie ein wenig zur Seite und aus dem Strom der Menschen zur Bar und legte meine Hand an ihre Wange. Ich legte meinen Daumen auf ihre Lippe, direkt über ihr Zahnfleisch und löste sie. Die Feuchtigkeit auf ihrer Lippe ließ mich fast aufstöhnen. Fuck, ich wollte es schmecken. Jetzt. Genau jetzt.

Aber sie hatte schon genug Angst. Ich musste einen Gang herunterschalten oder meine süße, kleine Jungfrau würde vor mir flüchten wie eine Gazelle vor einem Löwen.

„Muss was?", fragte ich und beobachtete, wie mein Daumen über ihre volle Unterlippe strich und die Feuchtigkeit verteilte. „Dich flachlegen lassen. Dein erstes Mal hinter dich bringen?"

Obwohl es im Club dunkel war, konnte ich sehen, wie sie rot wurde. Sie sah weg.

„Lass mich gehen", antwortete sie und hob ihr Kinn mit einer trotzigen Geste. Wut verwandelte ihre hellblauen Augen in eine stürmische See. Ich habe sie noch nie so wütend wie jetzt gesehen, nur freundlich und kontrolliert, wie es sich für einen Profi im Büro gehörte. Aber jetzt...

Anstatt sie loszulassen, beugte ich mich vor und küsste ihren Mundwinkel. Ich verharrte lange genug, dass sie mein Eau de Cologne riechen und die Hitze meines Körpers an ihrem spüren konnte. „Du willst flachgelegt werden, Emma, ich bin genau hier."

Ihre Augen weiteten sich und ihr

Mund öffnete sich, als sie die Bedeutung verstand.

„Woher weiß du—"

"Du willst deine Pussy durchbohrt bekommen, deine Unschuld verlieren? Mein Schwanz ist groß genug dafür."

Ihre sinnlichen rosa Lippen öffneten und schlossen sich. Ihre Augen öffneten sich geschockt, aber ich sah auch Verlangen. Neugierde. Sie war interessiert. Und reagierte panisch.

Ich hielt sie nicht auf, als sie Richtung Toilette lief. Sie brauchte etwas Raum und ich ließ ihr ein wenig.

Ich folgte ihr, beobachtete und wartete bis mindestens ein Dutzend Frauen auf der Toilette verschwunden und nach ein paar Minuten wieder aufgetaucht waren.

Meine Emma versteckte sich vor mir. Sie dachte wohl, dass das kleine Bildchen einer Dame an der Tür sie davor schützen würde, sich mit mir auseinanderzusetzen.

Ich würde bestimmt nicht abhauen, nur damit sie mit irgendeinem Arschloch flirtete und sich von ihm nach Hause bringen ließ. Sie wollte mich. Ich hatte es in ihren Augen gesehen. Das bedeutete, es wurde Zeit meine kleine Jungfrau soweit zu verführen, dass sie es zugab. Auch, wenn es auf der Damentoilette geschah.

Emma

ICH LIEF auf der Toilette im Kreis. Vier Kabinen mit dunkelrosa Türen, zwei weiße Waschbecken mit rosa Seife und falschen Orchideen in einer schmalen grünen Vase neben den Handtüchern.

Die Musik war gedämpft, aber der Bass ließ den Fußboden vibrieren. Ich sah in den Spiegel und schüttelte den Kopf. Ich hatte mein Apartment heute voll Selbstvertrauen verlassen.

Ich stellte mich aufrecht hin und strich mit meinen Händen über meine Hüften. Das Kleid umschmeichelte jede Kurve wie eine zweite Haut. Ich war nicht wirklich dünn, ich hatte den Körper einer Frau, runde Hüften und volle Brüste. Ich war mehr Marilyn Monroe als Supermodel, aber den Männern in der Bar schien es egal zu sein.

Ich war hergekommen, um einen Fremden zu finden, der nicht wusste, dass ich noch Jungfrau war, ihn mit nach Hause zu nehmen und es hinter mich zu bringen. Ich hatte mir, dämlich wie ich bin, wirklich vorgestellt, dass ich irgendeinen Typen dazu bringen konnte, mit mir Sex zu haben, ohne ihm zu verraten, dass ich noch Jungfrau war.

Jetzt war alles durcheinander. Carter war hier. Carter Buchanan. Und er *wusste* es. Gott, er wusste, dass ich noch nie was mit einem Mann hatte und wollte mich trotzdem.

Es schien so viel einfacher mit einem Fremden zu schlafen als mit Carter. Und das war eine verfickte Scheiße.

Ein paar Mädels kamen rein, machten sich frisch und ließen mich wieder allein. Durch ihre mitleidigen Blicke fühlte ich mich noch schlechter. War es so offensichtlich, dass ich ein Problem hatte? Natürlich. Ich habe selber oft genug Frauen gesehen, die sich auf der Toilette versteckt haben.

Die Tür öffnete sich wieder, aber ich ignorierte das Geräusch, bis ich hörte, dass jemand abschloss und mich einsperrte.

Ich drehte mich um und sah Carter, der sich an die Tür lehnte. So lässig, so entspannt. „Willst du dich die ganze Nacht vor mir verstecken?"

„Was?" Ich machte einen Schritt zurück, so erregt, dass ich kaum atmen konnte. Er war auf der Damentoilette. Mit mir. Und er hatte die Tür verriegelt. „Ich verstecke mich nicht."

Er lächelte und kam auf mich zu. Ich blieb stehen, als ich mit dem Rücken an die Wand stieß.

„Wenn du dich nicht versteckst, was machst du dann hier drin?"

„Nachdenken."

„Darüber, mich zu küssen?" Er hob eine dunkle Augenbraue und kam näher. Er stütze seine Hände neben meinem Kopf an die Wand und näherte sich mit seinem Gesicht und der Bartschatten stärkte seinen ohnehin schon dunkles, sexy Aussehen. Ich wollte ihn schmecken, mit meinen Lippen über sein Kinn gleiten und seine Bartstoppeln mit meinen empfindlichen Lippen fühlen.

Ich befeuchtete meine Lippen. Küssen? Ja. Und mehr. So viel mehr. „Ja."

Merkwürdigerweise verlor ich auf einer öffentlichen Toilette meine Hemmungen. Es war ja nicht so, dass Carter mich auf die Fliesen werfen und bespringen würde. Das war nicht sein Stil. Also sagte ich ihm die Wahrheit. Gab zu, dass ich ihn wollte. Was hatte ich zu verlieren? Es war ja nicht so, dass ich meinen Job riskierte, da ich ja bereits gekündigt hatte. Ich würde nach nächster Woche nicht mehr für Buchanan Industries arbeiten. Nur noch eine Woche im selben Gebäude mit Carter.

Er senkte seine Lippen und ich schloss meine Augen, abwartend. Wartend.

Der Kuss kam nie und ich öffnete meine Augen und sah, dass er mich anstarrte und aufmerksam betrachtete. „Du bist so verdammt schön, Emma."

Carter presste seine Lippen—endlich—auf meine und ich öffnete sie für ihn, für seine stoßende Zunge und vollständiger Dominanz. Mein Körper begann unter seinen Berührungen zu singen, so als ob ich mein ganzes Leben auf nur auf diesen einen Kuss gewartet hätte.

Sein Körper presste sich an mich und ich spürte sein hartes Glied an meinem Bauch. Aber ich wollte ihn nicht dort, ich brauchte ihn tiefer.

Ich fühle mich mutig, legte meine Arme um seinen Hals und küsste ihn mit dem Verlangen des gesamten letzten Jahres. Ich hob mein linkes Bein und legte es um seine Hüfte, in dem Versuch seinen harten Schwanz dahin zu bekommen, wo ich ihn brauchte, an meine Klit.

Stöhnend senkte er eine Hand an mein Bein und glitt weiter nach oben. Ich trug Strapse mit einem nagelneuen Strumpfgürtel, den ich mir nur für heute Nacht gekauft hatte. Für den Fremden, den ich verführen wollte. Aber jetzt erregte es mich daran zu denken, dass ich sie für Carter trug.

Seine Finger fanden den oberen Rand der Strapse und während er über die Clips strich, lehnte er sich etwas zurück und fragt: „Was ist das?"

Ich konnte nicht antworten.

„Zeig es mir."

Ich öffnete den Mund, aber es kam kein Wort heraus.

„Zeig es mir", wiederholt er. „Heb

deinen Rock an und zeig mir die sexy frechen Sachen, die Du trägst."

In seinen Augen brannte eine Begierde, die ich noch nie gesehen habe, und ich tat was er verlangte. Langsam hob ich den Saum meines Kleides. Am Anfang hielten seine braunen Augen meinen Blick gefangen, aber dann glitten sie weiter nach unten, während ich meine Oberschenkel mehr und mehr entblößte. Ich konnte die Luft auf der Haut über meinen Strümpfen fühlen und er stöhnte, als ich mein Strumpfband erreichte. Er küsste mich noch bevor er sehen konnte, dass mein Slip dazu passte. Es schien so als wäre Strümpfe und Strumpfband genug. Zu viel.

Ich fühlte mich weiblich und sehr mächtig.

Sein Kuss wurde drängender, während er mich an die Wand presste und seine Hand so tief über meinen Arsch gleiten ließ, dass er von hinten meine Pussy berühren konnte.

Ich wimmert vor Verlangen, als er mit seinen Fingern das bisschen Stoff meines G-Strings erreichte. Ungeduldig schon er den Stoff mit seinen geschickten Fingern zu Seite und begann meine feuchte Spalte zu erforschen.

„Emma."

„Carter."

„Du tropfst. Ist das alles für mich?" Er rieb mit den Fingern die feuchten Falten über meiner Klit. Vor und zurück, ohne in mich einzudringen.

Natürlich war ich wegen ihm so feucht. Niemand anderes hat mich je so feucht werden lassen.

„Genieße es."

Ich konnte nicht sprechen, nicht wenn seine Finger so nah an dem Ort waren, an dem ich ihn brauchte.

„Emma?"

„Carter." Ich seufzte an seinem Mund und forderte einen weiteren Kuss während ich meine Hüfte vor und zurück schob und seine Finger ritt. Ich wollte es. Brauchte es. Es war mir egal, ob es dumm oder unbesonnen war. Ich war mehr als bereit, heute meine eigenen Regeln zu brechen. Wilde, sexy Frauen hatten keine Regeln. Und mit Carter fühlte ich mich wild und sexy.

Dann war seine Hand weg.

„Nein." Ich brauchte es, war so erregt, dass ich anfangen würde zu weinen, wenn er jetzt ging.

„Shhh, Emma. Ich halte dich."

Ich seufzte, als ich seine Hand wieder fühlen konnte, die diesmal von vorne an meinen Oberschenkeln nach oben glitt. Ich setze meinen Fuß wieder auf die Erde und öffnete meine Beine damit er besser an meine nasse Mitte kam.

„Sieh mich an", befahl er und ich öffnete meine Augen. Sein Blick hielt meinen gefangen, als er sanft mit einem Finger in mich glitt. Ich klammerte mich an seinen harten Bizeps und hielt meine Augen auf sein umwerfendes Gesicht gerichtet, bis er seinen Handfläche an meine Klit presste und mich mit seiner Hand fickte.

Ich hatte nicht gedacht, dass ich noch geiler, noch verzweifelter sein könnte, aber seine freie Hand glitt an meine Brust und drückte meinen harten Nippel durch den dünnen Stoff von meinem Kleid und dem Spitzen-BH.

Als ich nach Luft schnappte, senkte er seinen Kopf und küsste mich, während seiner Finger sich weiter in mir bewegte.

Jemand klopfte an die Toilettentür und ich versteifte mich, aber Carter drückte erneut meinen Nippel und knabberte an meiner Lippe. Er löste sich und sah mir ins Gesicht, während er mich so hart weiterfickte, dass ich kaum noch den Boden berührte. „Du gehörst jetzt gerade mir. Ignoriere sie."

Um dies zu unterstreichen, erhöhte er noch einmal das Tempo mit dem er seine Finger bewegte und über meine Klit rieb. Ich schloss meine Augen und wandte ihm mein Gesicht für einen Kuss zu. Ich wollte nicht darüber nachdenken, dass ich in eine Bar war, auf der verdammten Toilette. Ich wollte nur an Carter denken, seine Hände, seinen Mund, seine dominanten Berührungen.

Er fickte mich mit Fingern und Zunge bis ich völlig überwältigt war, so als ob er schon in mir wäre.

Hart. Schnell. Pause.

Langsam. Schnell. Pause.

Seine Berührungen machten mich wahnsinnig bis ich wimmerte und bat. „Carter, bitte."

„Willst du kommen?"

„Ja."

„Du gehörst mir, Emma. Sag, dass du mir gehörst."

„Ja." Ich hätte allem zugestimmt. Ich stand so kurz davor. Der Orgasmus baute sich in mir auf wie ein Tornado und ich konnte mich nicht mehr zusammenreißen.

Carter bewegte sich, presste seinen Körper an meinen, sein Arm zwischen uns gefangen. Er legte seine Stirn an meine, aber ich öffnete nicht die Augen. Ich wollte nicht wissen, ob er mich beobachtete. Es war mir egal.

„Dann komm für mich. Ich will dich ansehen, wenn du mir alles gibst."

Er wurde noch schneller, aber dieses Mal hörte er nicht auf, wurde nicht langsamer, als ich wimmerte und das Verlangen sich zu einem Höhepunkt aufbaute. Dieses Mal führte er mich über die Klippe und erstickte meinen Schrei mit seinem Kuss während meine Pussy um seinen Finger pulsierte. Das was nicht wie mein Vibrator. *Absolut nicht.*

Sein sanften Stöhnen ließ mich sexy, provokant und gefährlich fühlen. Ich wusste, wenn wir jetzt ganz allein gewesen wären, hätte ich ihm alles erlaubt. Ich wollte meine Beine für ihn breit machen und ihn anbetteln mich zu entjungfern, zu der Seinen zu machen.

Der letzte Gedanke wirkte wie ein Eimer kaltes Wasser. Wie auch das hartnäckige Klopfen an der Tür.

„Hallo? Ist da drinnen alles in Ordnung?"

„Hol doch mal jemand den Manager. Die müssen doch einen Schlüssel haben."

„Ich muss ganz dringend. Ich hoffe, die beeilen sich."

„Nimm das Männerklo."

Es waren alles Frauenstimmen und ungeduldig. Ich wusste, bald wäre die Tür offen und ich stand hier mit Carters Hand unter meinem Rock und meinem Saft überall auf seinen Fingern. Diese hob er nun an seinen Mund und leckte sie ab. Er hielt meinen Blick, während er mich schmeckte und ich bekam da Bild von seinem Kopf auf meiner Pussy nicht mehr aus meinem Kopf. Oh, Gott.

Was dachte ich hier eigentlich?

4

mma

CARTER BUCHANAN STARRTE MICH AN, als ob ich sein Lieblingsessen wäre, während ich von draußen weiter die Stimmen hörte. Er führte seine Hand von den Lippen zu dem Dreieck zwischen meinen Schenkeln und presste sich an mich, hielt mich, als ob er Angst hätte, dass ich von ihm wegrücken würde. Er bewegte seine Finger, aufreizend, und ich stöhnte. Ich konnte nicht anders. Der Orgasmus hatte mir den Verstand geraubt, ganz bestimmt, aber es war auch noch etwas Schlimmeres passiert. Ich wollte mehr.

Mehr Carter

Fehlentscheidung 101. Da gab es einen Kurs, oder? Und wie lautet die verdammte erste Regel? *Schlaf niemals mit deinem Boss.* Regel Nummer 2? *Schlaf niemals mit Spielern.* Carter Buchanan war bekannt für die Supermodels und Schauspielerinnen mit denen er ausging, nicht nur für seine superreiche Familie.

Ich erschauderte, als Carter an meinem Nacken knabberte und mich da unten besitzergreifend berührte. Als wenn er mich besitzen würde. Als wenn der Orgasmus ihm das Recht gegeben hätte.

„Komm mit mir nach Hause, Emma."

Ich schob ihn von mir, als ich im Schloss einen Schlüssel hörte. Er trat zurück und brachte meinen Rock in Ordnung, ganz so, als ob für ihn die normalste Sache der Welt war Frauenkleidung zu richten.

Vielleicht war es das für ihn. Für mich? Nun, ich hatte die bekannten Gefilde verlassen und wusste nicht was ich tun oder sagen sollte. Verdammt, ich wusste nicht einmal, wo ich hinsehen sollte. Ich konnte ihn mit seinen sexy, dunklen Haaren und seinem kantigen Kinn. Und diese festen, sehr erfahrenen Lippen. Seine Hand anzusehen war noch schlimmer, weil seine Handfläche kräftig und seine Finger lang und dick waren. Als ich sie ansah, musste ich daran denken, wie sich diese Finger in mir angefühlt haben. Wie sie mich berührt haben.

Mein Körper wollte mehr, mehr, mehr.

Aber mein Kopf? Dieser vernachlässigte Körperteil, den ich in den letzten Minuten komplett ausgeschaltet hatte, schrie mich an ich solle laufen. Schnell.

„Kein Interesse", log ich unmittelbar, bevor die Tür aufflog und eine Welle neugieriger Frauen in den kleinen Raum stürmte. Als ich das zweite wissende Grinsen sah, senkte ich meinen Kopf, umrundete Carter und stürmte durch die Tür, an Tanzfläche und Tresen vorbei zur Eingangstür.

Keine Handtasche. Alles was ich brauchte, Handy, Ausweis und Kreditkarte steckte in meinem BH, zwischen meinen Mädchen.

„Emma, warte!", Ich hörte Carter Befehl als er mir durch die tanzende Menge und vorbei an den Tischen mit den Singles, die nach Feierabend noch jemanden aufgabeln wollte. Aber ich hörte nicht auf ihn, ich rannte. Es war zu viel. Nein. *Ich* war zu viel. Einfach lächerlich, sich von ihm wie ein rattiger Teenager auf dem Klo befingern zu lassen.

Carter Buchanan wollte mich also.

Moment. Streich das. Er wollte nicht *mich*, die stille, verschlossene, organisierte Emma, die gerade ihren Abschluss gemacht hatte. Er wollte ficken. Meine Unschuld rauben. Mich entjungfern. Heute Nacht. Jetzt. Das Wissen, dass ich noch eine Jungfrau war, hat ihn von dem distanzierten, uninteressierten Geschäftsmann in einen Neandertaler verwandelt.

Wollte er mich nur, weil ich etwas

Neues war? Wie viele Jungfrauen hat er schon gehabt? Stand er darauf? Der erste zu sein?

„Du willst flachgelegt werden, Emma, ich bin genau hier."

Oh. Mein. Gott.

Er wusste es. Gott, er wusste, dass ich Jungfrau war. Er musste gehört haben, wie ich mich heute mit Tori unterhalten habe.

Meine Hände zitterten nicht vor Angst, sondern Scham. Scham über das, was wir getan haben, der Pseudo-Walk-of-Shame als wir von der Toilette kamen und die Frauen uns wissend und amüsiert ansahen.

„Komm mit mir nach Hause, Emma." Er hatte endlich die Worte gesagt, nach denen ich seit meinem ersten Tag in der Firma gesehen hatte. Und jetzt wusste ich nicht, ob ich lachen oder weinen sollte. Ohne Zweifel, der Orgas-

mus, den ich ihm verdankte, hatte auch ein paar Gehirnwindungen kurzgeschlossen.

Ich habe mich von Carter Buchanan, dem Mann, nach dem ich mich schon das ganze Jahr sehnte, auf der Toilette mit den Fingern ficken lassen. Ich muss verrückt sein, dass ich ihn gebeten habe nicht aufzuhören.

Er war gut. Richtig, richtig gut und es war nur seine Hand gewesen.

Ich sah mich nach ihm um und sah, dass jemand aus dem Büro ihn am Arm festhielt, um sich zu unterhalten. Gott sei Dank. Ich hatte keine Lust auf Smalltalk und ging direkt nach draußen. Als ich die kalte Abendluft im Gesicht spürte, verschwanden auch die letzten Nachwirkungen und ich konnte wieder klar denken. Ich fischte nach meinem Handy und versuchte an etwas Positives zu denken. Wenigstens ist

Carter, im Gegensatz zu Jim, nicht vor mir geflüchtet. Vielleicht war es als Single doch nicht hoffnungslos, wenn man ein Einhorn war.

Carter wollte mich. Naja, zumindest wollte er meine Unschuld. Mich entjungfern.

Im ganzen Jahr, das ich bei Buchanan Industries gearbeitet habe, hatte er nicht einmal im Ansatz Interesse an mir gezeigt. Nicht ein Mal. Kein heißer Blick, kein unangebrachter Kommentar, kein zufälliges Streifen mit dem Arm. Nichts.

Natürlich gab es Gesetze zu sexueller Belästigung, die ihn gestoppt hätten, wenn er im Büro etwas getan hätte, aber nein. Nichts. Kein Nachstarren. Absolut null Interesse.

Von mir konnte man das nicht behaupten. Ich war die Idiotin, die sich vom ersten Moment an nach ihm gesehnt hatte. Aber ich nur ein Durchschnittsmädchen aus der Vorstadt von Denver. Er war zehn Jahre älter, weltgewandt, weitgereist und hatte Erfahrung mit Frauen ... und allem anderen.

Am ersten Tag, als Ford mich seinem Bruder vorgestellt hatte, konnten die anderen Frauen im Büro es nicht abwarten mich allein zu sprechen. So wie sich die Tür hinter den sexy, ungebundenen Buchanan Brüdern geschlossen hatte, erzählten sie mir die wildesten Geschichten. Ich erfuhr, dass, wenn ich mit Carter schlafen würde, nur eine neue Pussy auf der Liste mit seinen Eroberungen sein würde. Und, obwohl ich dies wusste, wollte ich ihn. Oh Gott, ich wollte ihn.

„Du bist ein hoffnungsloser Fall." Ich winkte erfolglos mit der Hand nach einem Taxi. Während das gelbschwarze Auto an mir vorbeifuhr, schickte ich Tori eine Nachricht.

Ich fahr nach Hause.

Ihre Antwort kam sofort. *CB ist hinter dir her. Lass dich fangen.*

Ich musste blinzeln und die Nachricht erneut lesen, um sicher zu gehen, dass ich mich nicht verlesen hatte.

Lass dich fangen.

Niemals. *Er ist mein Boss.*

Nur noch eine Woche. Du hast schon gekündigt, also zählt es nicht. Lebe ein wenig, Einhornmädchen. Was hast du zu verlieren?

Was hatte ich zu verlieren? Meine Unschuld, aber die wollte ich loswerden. Meinen Verstand? Ich musste bei dem Gedanken auflachen. Zu spät. Jeden Funken Verstand und klares Denken hatte ich schon auf der Toilette verloren. Es war schlimmer, ich konnte mein Herz verlieren.

Ich sollte mit einem Fremden schlafen und alle Gefühle außen vor lassen. Aber mit Carter wird es nicht möglich sein. Roboterhaftes, gefühlloses Ficken kam mir nicht gerade in den Kopf, wenn ich an Carter dachte. Nein, es war eher überwältigender, komm-nie-über-ihn-hinweg Sex.

Ich atmete tief ein und versuchte, mich zu beruhigen und klar zu denken. Die Nachtluft war nach der stickigen Luft im Club erfrischend. Die pulsierende Musik war durch die geschlossene Tür gedämpft. Es gab eine kurze Warteschlange und ein Türsteher prüfte die Ausweise. Ich war zwar nicht allein auf der Straße, aber ich fühlte mich so.

Ich stolperte auf meinen Highheels die Straße entlang und versuchte ein Taxi anzuhalten. Ich hatte mich für eine Nacht genug blamiert. Ich blinzelte die Tränen weg, die ich plötzlich in den Augen hatte. Ich winkte erneut nach einem Taxi, was aber ebenfalls an mir vorbeifuhr. Verdammt. Was sollte das?

Ich seufzte und ließ meine Schulter fallen.

„Was machst du? Du solltest nicht alleine hier draußen sein."

Ich drehte mich beim Klang von Carter Stimme auf meinen absurd hohen Absätzen um.

Er sah so gut aus. Deshalb durfte ich aber nicht sauer auf ihn sein. Er konnte nichts für sein Aussehen, es war ihm in die Wiege gelegt. Ich konnte ihm auch nicht böse sein, weil er mir das gegeben hatte, worum ich ihn gebeten hatte. Naja, fast. Ich *war* heute mit nur einem Ziel im Club, ich wollte flachgelegt werden. Er war gewillt es zu tun.

Ich hob mein Handy, sah hinab und schrieb noch schnell eine Nachricht. „Ich schreibe Tori, dass ich nach Hause gehe."

„Wir sind noch nicht fertig, Emma.", bei seinen Worten stockten meine Finger und als er näher trat, stockte mein Atem.

Ich hörte ein weiteres Fahrzeug. Als ich sah, dass es ein Taxi war, begann ich zu winken.

Carter trat neben mich und als das Taxi anhielt, winkte er es einfach weiter.

Ich sah an ihm hoch. Sehr hoch. Auch mit meinen Absätzen reichte ich nur bis an sein Kinn. „Was soll das? Das war mein Taxi nach Hause."

Dieser wunderschöne Mann neben mir machte mich jetzt wütend. Wie konnte er es wage, mich so zu behandeln?

„Ich fahre dich."

Ich verengte meine Augen, „Ich habe schon einmal gesagt, ich bin nicht interessiert."

„Du bist", antwortete er. „So wie Du getrieft hast, ist es eindeutig." Er nahm meinen Ellenbogen, führte mich zurück zum Club und gab dem Angestellten sein Parkticket. Ich wartete neben ihm auf sein Auto, mit seiner warmen Hand auf meiner nackten Haut. Ich bekam eine Gänsehaut.

Er lehnte sich zu mir und küsste meinen Nacken. Ich erschauderte am ganzen Körper. „Wir sind noch nicht fertig, Süße. Noch lange nicht. Ich bringe Dich nach Hause. Du willst Deine Unschuld verlieren? Ich helfe Dir und wenn ich fertig bin, hast Du auch deinen Namen vergessen."

Ja, und er wahrscheinlich meinen. Ich war wütend auf mich, weil ich für ihn mehr als ein schneller Fick sein wollte. Aber das war nicht fair. Wo war der Unterschied zu einem anderen Kerl, den ich auf der Tanzfläche aufgegabelt hätte? Es war mir auch egal gewesen, ob Mr. Unbekannt eine männliche Schlampe war oder ob ich nur eine weitere Kerbe in seinem Bettpfosten war. Meine Auswahlkriterien für heute Nacht waren einfach gewesen. Erstens, hatte er einen Schwanz? Zweitens, wollte er mich damit Ficken? Ich wollte meine Unschuld loswerden, nicht länger das Einhorn sein.

Nein, der theoretische Typ, mit dem ich heute schlafen wollte, war mir egal. Doch Carter war nicht theoretisch. Carter war fucking Carter Buchanan. Milliardär. Bad Boy. Männliche Schlampe. Und so was von außerhalb meiner Liga, dass allein dieses Gespräch lachhaft war. Technisch gesehen, unterschied Carter sich nicht von den anderen Männern im Club. Aber das war das Problem. *Das* war es. Ich *wollte,* dass es *anders war.* Ich wollte, dass er so viel mehr war. Und hier waren wieder die verdammten Emotionen.

Er sah mich vorsichtig an, so als ob ich auf die Straße laufen und mich überfahren lassen würde, wenn ich nur falsch blinzelte.

„Wenn du es nicht willst, fahr ich dich nur nach Hause. Ich verabschiede mich an der Tür." Er legte mir die Hand auf die Wange und seine sanfte Berührung wirkte fast ehrfürchtig. Gott, er war gefährlich. „Ich glaube allerdings, du willst es so sehr wie ich, Emma. Sag ja. Kommt mit zu mir nach Hause."

Ich starrte in sein wunderschönes Gesicht und versuchte mich daran zu erinnern, warum es eine schlechte Idee war. „Carter, ich glaube nicht, dass das hier, wir, eine gute Idee ist."

„Warum nicht?" Sein Daumen strich über meine Lippe und er blickte kurz auf meinen Mund, ehe er wich wieder auf meine Augen konzentrierte. Es war, als wenn es nur uns beide gäbe.

Verdammt. Jetzt war ich in Schwierigkeiten. Ich konnte ihm nicht die Wahrheit sagen. *Nun, Carter, ich bin schon halb in dich verliebt und wenn du mit mir schläfst und dann weggehst, wirst du mir das Herz brechen.*

Ich trat einen Schritt zurück und unterbrach den Blickkontakt, um besser denken zu können. „Ich bin nicht... Ich..."

Er stand still und wartete, so zuversichtlich und so verdammt selbstsicher. Deshalb gehörte ihm auch ein Unternehmen und deshalb war ich so nervös. Er wusste, was er tat, im Job und bei

Frauen. Ich wusste kaum etwas über Männer. Aber ich wusste sehr wohl, dass Carter Buchanan in einer ganz anderen Liga spielte als ich. Trotzdem machte er mich so heiß, dass ich kaum atmen konnte.

Das war es doch, was ich wollte, ein One-Night-Stand und er wollte ihn mir geben. Er war nicht irgendwer. Er war der Mann, mit dem ich schlafen wollte. Wenn ich vorhin auf der Toilette richtig gefühlt habe, war sein Schwanz groß und hart. Wirklich groß. Und *wirklich* hart.

Ich konnte es machen. Ich konnte Carter ficken. Ich würde dafür sorgen, dass mein erstes Mal gut werden würde. Unser erstes Mal, verdammt, unser einziges Mal. Ich war ein großes Mädchen. Ich kannte alle Gerüchte über Carter Buchanan. Playboy. Ich wäre eine unter vielen. Es sollte mich nicht stören, vor allem, da auch jeder andere Kerl in der Bar eine Vergangenheit hatte. Eine Vergangenheit, die mich nicht interessierte. War es also fair, die Messlatte für Carter höher zu legen als für einen Fremden? Versagte ich mir eine einmalige Gelegenheit, wenn ich nein sagte?

Er stand vor mir und wartete geduldig darauf, dass ich ja sagen würde. Auch wenn er jetzt wie ein Gentleman auf meine Zustimmung wartete, wusste ich, dass er alles andere als zahm sein würde, wenn wir erst einmal im Bett waren.

Bei diesem Gedanken zog sich mein Innerstes zusammen und mein Puls begann zu rasen. Ich wollte ihn. Ende der Diskussion. Zeit, Mut zu zeigen. Ich konnte es tun. Ich konnte ihn ficken und verlassen. Kein emotionaler Bullshit. Eine Nacht.

Ende. Der. Verdammten. Geschichte.

Aber es würde eine unglaubliche Nacht werden und wenn die Sonne aufging, war ich keine Jungfrau mehr. Genau das, was ich wollte. Ich würde wissen, wie es sich anfühlen würde, von Mr Carter Buchanan gefickt zu werden, bekäme den Orgasmus, den ich wollte—von dem ausgehend, was er mir allein mit seiner Hand vollbrachte, hatte ich keine Zweifel—und gehen.

Eine Nacht.

Ein Angestellter hielt die Beifahrertür eines luxuriösen Sportwagens für mich auf. Carter gab ihm ein Trinkgeld und nahm meine Hand, um mir beim Einsteigen zu helfen. Das Auto war teuer, italienisch und das weiche Leder lockte mich in meine ganz eigene Verdammnis. Meine Hand brannte dort, wo er mich berührte und ich sah ihn an, während ich meine Zweifel ganz tief vergrub, um sie nicht zu zeigen. „Zu mir oder zu dir?"

Carter zog mich näher, um meinen Körper an seinen zu pressen, wo ich seinen Schwanz zwischen uns fühlen konnte.

Eine Nacht. Ich konnte das Spiel mitspielen. Ich konnte einen One-Night-Stand haben. Ich würde mir von Carter nehmen, was ich wollte und gehen. Wahrscheinlich mit krummen Beinen, aber ich würde gehen. Mit erhobenem Haupt und nicht länger als Jungfrau.

„Zu dir."

5

arter

Ich hatte eine Goldmedaille verdient. Mein Schwanz war so hart, dass er den Stoff meiner Hose zerreißen konnte. Ich hatte meine Finger in Emma gehabt. Hatte ihre heiße und enge, kleine Pussy gefühlt, ihr Jungfernhäutchen und ich wusste, es würde alles mir gehören. Sie hat sich in meine Hand ergossen, als ich es ihr gemacht habe. Die Überraschung und Leidenschaft in ihrem Gesicht, als sie gekommen ist, was ein wunderschöner Anblick gewesen. Und als ich sie geschmeckt, ihren Saft von meinen Fingern geleckt habe, wäre ich fast in meiner Hose gekommen. Ihr honigsüßer Geschmack wäre fast zu viel gewesen.

Auch jetzt noch, auf dem Weg zu mir nach Hause, konnte ich sie schmecken. Ich konnte ihre Erregung auf meinen Fingern riechen, den Geruch, den sie immer noch ausströmte. Sie war still und sah aus dem Fenster, als ich schneller als zulässig zu mir nach Hause fuhr. Wenn ich angehalten würde, wurde der Polizist es schon verstehen. Ich musste mich in meiner Frau versenken, fühlen, wie sie sich zusammenzog, wenn ich ihr die Unschuld nahm. Brauchte sie, um den Samen aus meinen Eiern zu melken.

Ich krallte mich ans Lenkrad, während ich runterschaltete, in meine Einfahrt fuhr und darauf wartete, dass sich das Garagentor öffnete.

Zum Glück hatte sie zugestimmt, mit zu mir zu kommen. Wenn sie darauf bestanden hätte, hätte ich sie nach Hause gefahren, ihr das Haar aus dem Gesicht gestrichen, sie sanft geküsst und ihr eine gute Nacht gewünscht. Aber das hatte sich keiner von uns beiden gewünscht.

Es war nicht falsch, wenn sich eine Frau holte, was sie wollte. Frauen hatte das gleiche Recht auf Vergnügen, wie Männer. Aber Emma war ein gutes Mädchen, vielleicht ein bisschen zu gut, und brauchte mich, um sie zu führen. Das war kein Problem, solange sie sich in mein

Bett führen ließ und ihre langen, sexy Beine um meine Hüfte legte während ich meinen Schwanz in ihr versenkte. Niemand sonst würde sie je haben. Niemals.

Ich stellte den Motor ab, als sich das Garagentor schloss und in dem weichen Licht, dass von oben hineinschien, konnte ich ihr Gesicht sehen. Und den Rest. Sie wirkte ordentlich und gesittet wie immer, die Hände in ihrem Schoß, aber ihr Kleid war ein wenig nach oben gerutscht und ich wusste, wenn es noch etwas weiter rutschte, konnte ich den Rand ihrer Strümpfe sehen, ihren Strumpfhalter.

„Sag mir, was du willst, Emma."

Sie dreht sich zu mir und blickte mich mit ihren hellen Augen an, aber ihre geröteten Wangen verrieten ihren Mangel an Erfahrung. „Du weißt, was ich will", flüsterte sie.

Langsam schüttelte ich meinen

Kopf. Ich setzte mich etwas anders hin, in der vergebenen Hoffnung, für meinen Schwanz eine weniger schmerzhafte Position zu finden. „Es gibt so viele Dinge, die ich mit dir machen möchte. Sehr versaute, sehr böse Dinge, die dich wahrscheinlich verschrecken würden."

Sie leckte sich über die Lippen und ich konnte nicht länger widerstehen. Ich griff in ihren Nacken, zog sie für einen Kuss an mich, fand ihre Zunge und spielte mit ihr. Ich griff hinab, öffnete ihren Gurt und zog sie zu mir, so dass sie halb auf meinem Schoß lag.

Sie hob ihren Kopf leicht an und flüsterte an meinem Mund. „Ich glaube, mir gefällt sehr versaut."

Mein Daumen strich über ihre Wange, während ich mit der anderen Hand ihren Arsch drückte. „Und was ist mit sehr böse?", fragte ich.

„Zählt das, was wir auf der Toilette gemacht haben?"

„Meine Finger in deiner Pussy? Hättest du nicht lieber meinen Schwanz?"

Sie biss sich auf die Lippen und nickte und ich konnte nur noch stöhnen.

„Du willst spüren, wie mein Schwanz dich dehnt?"

Sie wimmerte. Oh, ja. Sie war doch ein versautes Mädchen.

„Ich passe auf dich auf, Emma. Ich sorge dafür, dass du sich gut fühlst."

Ein leiser Seufzer flüchtete über ihre Lippen.

Ich ließ sie los und half ihr in ihren Sitz. Ich hatte sie so weit bekommen, da würde ich sie nicht in meinem Auto nehmen. Ich stieg aus und ging um den Wagen, um ihre Tür zu öffnen. Ich nahm ihre Hand und half ihr aus dem niedrigen Wagen. Die Sportsitze zwangen sie, sich vorzubeugen, wobei ihr Kleid verrutschte und mir einen Blick auf die frechen, kleinen Strapse erlaubte.

Sie nahm meine Hand und ich führte sie durch mein Haus direkt in mein Schlafzimmer. Das Vertrauen, das sie mir entgegenbrachte ließ mein Herz höher schlagen. Als sie vor meinem Bett stand, war sie endlich da, wo ich sie haben wollte, seit einem Jahr. Sie gehörte mir. Dieses Schlafzimmer war unsres. Sie war die erste—und einzige—Frau in diesem Raum, in diesem Bett.

„Du hast gesagt, du magst versaut. Bist du eine versaute, kleine Jungfrau?", fragt ich.

Ihre Hand zuckte, aber sie hatte keine Angst. Wenn ihre Nippel, die gegen den Stoff drückten, ein Anzeichen waren, war sie erregt. Sie zuckte mit den Schultern.

„Du bist auf der Toilette auf meinem Finger geritten und nur ein altes Schloss hat verhindert, dass die Leute sehen konnten, wie du gekommen bist."

Ihre Lippen öffneten sich und sie atmete heftiger.

„Ich glaube, du bist ein versautes Mädchen—" Ich ging zu ihr und schob ihr eine blonde Strähne hinters Ohr. „—aber nur für mich. Ich denke, dieses Geheimnis solltest du mit niemanden teilen. Stimmt's?"

Sie nickte, als ich ihre Wange streifte.

Ich senkte meine Hand und begann, ihr Kleid zu öffnen. „Es wird Zeit zu sehen, was mir gehört. Hat ein anderer Mann schon einmal deinen Körper gesehen?"

Sie hielt den Atem an, als meine Finger über ihre nackte Haut glitten und ich den Stoff von ihren Schultern schob.

„Fuck", murmelte ich, als ich ihren traumhaften Busen durch die Spitze und Seide betrachtete. Ihr BH war hell rosa und so geschnitten, dass nur die untere Hälfte bedeckt war, während die pralle obere Hälfte nur auf meinen Mund wartete. Shit, wenn sie tief genug einatmete, würden ihre Nippel rausspringen. Warum sind sie es noch nicht?

Ich fuhr mit einer Fingerspitze über ihr Schlüsselbein und über die seidigste, weichste Haut, die ich je gefühlt habe. Diese Brüste waren größer als meine Hand und echt. Sie holte Luft und mein Finger glitt in das Körbchen des sexy BHs, so dass ich ihren Nippel befreite. Während ihre Haut cremig und so blass war, dass ich darunter auch die Adern erkennen konnte, hatten ihre Nippel die Farbe reifer Himbeeren, die darauf warteten, gegessen zu werden. Ich streifte auch das Körbchen an ihrer anderen Brust hinab und ihre Nippel streckten sich keck meinem Mund entgegen.

Ich lehnte mich vor, nahm einen in den Mund, umschmeichelte ihn mit meiner Zunge und saugte schließlich an ihm. Emmas Finger krallten sich in mein Haar und zogen mich näher heran. Ich grinste gegen ihr heißes Fleisch und kümmerte mich um den anderen Nippel. „Er soll schließlich nicht einsam sein", murmelte ich, bevor ich ihn in den Mund nahm.

Ich sah zu ihr hoch, sah, wie ihr Blick verschwamm, ehe sie die Augen schloss. Ihre Nippel waren sehr empfindlich und ich fragte mich, ob sie auch kommen würde, wenn ich nur damit spielte. Ich würde es ein andern Mal herausfinden.

Ich hob meinen Kopf und genoss den Anblick. Sie keuchte und ihre Nippel glänzten in dem weichen Licht. Ihre Wangen waren errötet und ihre Augen zeigten weder Angst noch Scham. Nur Erregung.

Ich öffnete den Reißverschluss ihres Kleides und ließ es auf den Boden gleiten. Sie stand jetzt nur in ihrer verführerischen Unterwäsche und den Fick-mich-Absätzen vor mir. Ihr Strumpfband und das bisschen Tanga passte zu ihrem BH. Sie war ein Traum. Lauter üppige Kurven, die ein Mann greifen konnte und ich konnte nicht widerstehen meine Hand über ihre Hüfte zu dem dünnen Band ihres Tangs gleiten zu lassen. Mit meinen Fingern folgte ich der Spitze zwischen ihre Schenkel und konnte fühlen, dass die Seide klatschnass war und an Emmas Schamlippen klebte.

„Immer noch feucht, was?"

Sie reckte das Kinn hoch und sah mich durch ihre hellen Wimpern an. „Ja."

Diese einfache Antwort brachte mich an den Rand der Kontrolle. Ich griff nach dem Stofffetzen, zog ihn ihr aus und hielt ihn zwischen uns. „Klatschnass."

Sie errötete, da ihr Verlangen, ob des nassen Tangas, nicht zu leugnen war. Ebenso wenig wie der Geruch ihrer Erregung. Ich stopfte mir den Stoff in die Tasche.

„Leg dich aufs Bett und spreiz diese wunderschönen Beine. Zeig mir deine Pussy."

Sie riss die Augen auf und ich sah für einen kurzen Moment ihre Unsicherheit, aber sie gehorchte. Ich beobachtete, wie sie mit ihrem üppigen Arsch auf das Bett kletterte. Ich stöhnte, weil ich dabei einen direkten Blick auf ihre tropfende Pussy hatte. Wenn ich nicht gewusst hätte, dass sie noch Jungfrau war, hätte ich geglaubt, sie reizte mich mit Absicht.

Sie legte sich auf den Rücken, ihren Kopf auf dem Kissen und griff nach ihren Schuhen.

Ich schüttelte langsam meinen Kopf. „Die bleiben an."

Ja, verdammt, die Fick-mich-Schuhe blieben an.

Sie legte ihre Hände wieder neben sich und schloss ihre Schenkel, so dass ich die blonden Locken in ihrem Schritt nur erahnen konnte.

„Zeig mir, wie du es dir selbst machst."

Ich stellte mich ans Fußende und verschränkte meine Arme vor der

Brust, in der Hoffnung, dass es mich davon abhalten würde sie anzufassen.

„Was?", fragte sie.

„Mach deine Beine auseinander und zeig mir deine Pussy. Dann berühre dich selbst. Du hast es dir schon einmal gemacht, oder?"

Sie nickte, ließ ihre Beine aber zusammen.

„Zeig sie mir. Zeig mir, was du noch nie mit jemanden geteilt hast, wie versaut du sein kannst."

Ich fasst hinab und presste meine Hand gegen meinen Schwanz, damit sie sah, dass auch ich nicht unberührt davon blieb. Allein das Gefühl meiner Hand durch den Stoff ließ mich stöhnen. Ich wusste nicht, wie lange ich es aushalten würde, aber ich würde als glücklicher Mann sterben, wenn ich sie nur sah.

„Kann ich dich auch sehen?", fragte

sie, während sie meine Hand beobachtete. „Ich bin nackt und du noch vollständig angezogen."

Ich schüttelte meinen Kopf und erklärte, „Wenn ich meinen Schwanz jetzt raushole, ist es vorbei. Viel zu früh."

Sie öffnete ganz langsam ihre Beine, aber nicht genug

„Mehr."

Sie nahm ihre Füße auseinander.

„Mehr." Wiederholte ich bis ich einen unglaublichen Blick auf ihre perfekte Pussy hatte. Sie hatte ein paar Schamhaare, aber die verdeckten nicht ihre runden Schamlippen, die vor Erregung glänzten. Ihre inneren Lippen waren rosa und geschwollen und öffnete sich, als sie die Füße mit den Fickmich-Schuhen aufsetzte und ihre Knie anzog. Ihre harte Klit war nicht zu übersehen.

Sie war so wunderschön, mit ihren Brüsten, die über den BH schauten, ihren Strapsen und den Killerabsätzen, ohne Slip, der ihre Pussy versteckte.

„So schön, Süße. So ein gutes, versautes kleines Mädchen. Jetzt zeig mir, wie du es dir machst."

Während ich meinen Schwanz durch den Stoff rieb, senkte sie ihre Hand zwischen ihre Beine. Ich hatte nicht gewusst, dass sie Linkshänderin war. Es gab nicht viel, was ich über sie lernen musste. Und als ihre Finger sich schlossen und sie erst langsam, dann immer schneller um ihre Klit kreisten, wusste ich, dass sie es mochte, berührt zu werden. Als sie ihre Augen schloss und sich ganz dem Vergnügen hingab, konnte ich nicht mehr warten.

Ich kletterte zwischen ihre Beine und beobachtete, wie sie es sich selbst machte, während ich mit meinen

Händen über die Innenseite ihrer Schenkel strich.

Ihr Finger stoppten.

„Genug. Ich kann dich immer noch schmecken. Ich will mehr."

Ich schob ihre Hand weg und rückte näher. Ich leckte ihren Saft erst von dem einen, dann vom anderen Bein, ehe ich meinen Mund direkt auf ihre Pussy legte.

Sie stütze sich auf ihre Ellenbogen und sah zu mir. Wenn ich ihre Barriere nicht zuvor mit meinen Fingern ertastet hätte, würde ich sie mit ihren schönen Nippeln, ihren feuchten Fingern und ihrem süßen Moschusgeruch für eine Verführerin halten.

„Hattest du hier schon einmal einen Mund?"

Ich wollte wissen, ob diese Pussy, alles, mein war. Und wenn es ihr schon vorher jemand mit dem Mund gemacht hätte, würde ich dafür sorgen, dass sie seinen Namen für immer vergaß.

Sie hielt die Luft an und ich legte meine Hand auf ihrem Bauch, wartete.

„Nein", sagte sie und schüttelte heftig mit dem Kopf.

„Soll ich dich ficken?"

Sie nickte.

„Noch nicht. Du bist noch nicht bereit."

„Ich bin bereit." widersprach sie.

„Ich habe einen großen Schwanz und du wirst sehr eng sein. Ich will dir nicht wegtun. Du wirst auf meiner Zunge kommen und wenn du dann so weich bist, dass du mich ganz aufnehmen kannst. Dann, dann werde ich dich ficken."

Ich hatte genug geredet. Ich musste sie jetzt schmecken.

Ich leckte von ihrer Öffnung zu ihrer Klit und wusste, ich war für immer verloren. Sie war so süß, so seidenweich, geschwollen, üppig und perfekt. Ich wollte keine andere. Nur Emma. Für immer.

Mein einziges Ziel im Leben war es, sie kommen zu lassen, ihr Lust zu bereiten, die sie nur von mir bereitet bekam.

Dann würde ich meinen Schwanz in sie führen, schön langsam, und sie fordern. Ich würde sie wieder zum Kommen bringen.

Ich würde sie für alle anderen ruinieren, weil diese süße Pussy, dieser Geschmack mir gehörten.

Mir.

Ich legte ihr eine Hand auf den Bauch, um sie stillzuhalten—sie bewegte gerne ihr Becken—und führt zwei Fingern der anderen Hand in sie, um ihren G-Punkt zu fühlen. Ich wusste, dass ich ihn hatte, als ich den kleinen Hügel kurz hinter ihrer Öffnung fühlte. Ihr Rücken bog sich und sie schrie auf, oh ja, das war der richtige Knopf.

Ihre Haut unter meine Hand wurde wärmer, ihr Atem kam stoßweise, dann Stöhnen und schließlich Schreie der Lust. Ihre Finger griffen fast schmerzhaft in mein Haar, aber ich hörte erst auf, als ich hörte, worauf ich wartete. Sie schrie meinen Namen.

Es hatte nicht lange gedauert, nachdem meine Finger ihren G-Punkt gefunden hatten und ich mit der Zunge ihre Klit geleckt hatte. Als ich an der kleinen Perle saugte, explodierte Emma, ihr Saft lief über meine Finger und ihre Beine umklammerten meine Schultern. Ihr Rücken hob sich vom Bett als sie, tatsächlich, meinen Namen rief.

Ich rutschte ein wenig hin und her,

um meinen Schwanz zu beruhigen, aber er wollte nur noch in sie eindringen. Nachdem ich meine Finger aus ihr rausgezogen und sie sanft saubergeleckt hatte, setzte ich mich auf und zog mein Hemd aus. Ihre Augen flogen auf und sie beobachtete, wie ich mich auszog.

Und als ich vor ihr kniete und mein dicker Schwanz sich bis zu meinem Bauchnabel streckte, wurde ihre Augen groß.

„Ich weiß nicht, ob ich mich über deinen Gesichtsausdruck freuen oder doch besser Angst haben soll."

Ich griff nach ihm, strich ihn entlang, als schon die ersten Tropfen austraten.

Ich griff nach meiner Hose, zog ein Kondom hervor und öffnete die Verpackung.

„Du bist... Gott, sind alle Kerle so groß wie du?"

Ich unterbrach das Abrollen des Kondoms.

„Das wirst du nie erfahren." Mein Ton war geheimnisvoll, aber ich würde mit ihr nicht über andere Männer sprechen, wenn ich ihre Pussy nass und bereit für meinen Schwanz vor mir hatte.

„Aber—"

Ich stützte eine Hand neben ihren Kopf, beugte mich über sie und erwiderte ihren blassen Blick.

„Keine Angst. Ich passe rein."

6
———

mma

Ich sah zu Carter auf, sagte aber nichts, sondern nickte nur leicht, weil ich nicht sicher war, ob er reinpassen würde. Er war riesig. Auch wenn ich noch nie einen echten nackten Mann gesehen hatte, Bilder *hatte* ich gesehen. Er war größer als alle Bilder, die ich gesehen hatte. Ich konnte immer noch den Orgasmus spüren, den er mir—mit seinem Mund—verpasst hatte und meine inneren Wände zogen sich zusammen und wollten gefüllt werden.

Er ließ mir keine Chance zu argumentieren, sondern senkte seinen Kopf und küsste mich. Er sank auf seine Unterarme, um mich nicht zu erdrücken, aber ich konnte jeden harten, heißen Zentimeter von ihm spüren. Sein dunkles Brusthaar kitzelte an meinen Nippeln. Er war so muskulös, stark und kraftvoll. Ich fand ihn im Anzug schon heiß, aber nackt war viel besser.

Gott, war er ein guter Küsser. So gut, dass ich vergaß, mir über die Größe seines Schwanzes Sorgen zu machen. Eine Pussy konnte den beim ersten Mal bestimmt nicht aufnehmen. Er fasste zwischen uns, griff nach seinem Schwanz und führte ihn an meine Öffnung. Er stieß vor, drang aber nicht ein. Er hob seinen Kopf und sein dunkler

Blick traf meinen. Hielt ihn. Hielt mich gefangen.

Unser Atem mischte sich, als er langsam in mich eindrang, mich dehnte und die ganze Zeit nicht den Blick von mir nahm. Gott, er war so groß und ich war so eng. Er hatte es gesagt und ich wusste es. Ich konnte fühlen, wie weit ich mich für ihn geöffnet hatte, um seine Eichel aufzunehmen. Ich konnte fühlen, wie auch meine Augen größer wurden, während er mich langsam eroberte.

Es war alles andere als ein schneller Fick auf der Toilette. Carter war sanft und rücksichtsvoll. Er hatte mich bereits zwei Mal kommen lassen, war aber selber noch nicht gekommen. Ich war froh, dass er mich so gut vorbereitet hatte, denn vorher war ich wirklich noch nicht bereit gewesen.

Ich konnte nicht verhindern, dass

ich mich versteifte und etwas vor Schmerz wimmerte. Es war nicht *schrecklich*, aber ich fragt mich doch, ob er mich angelogen hatte. Sein Schwanz war ein Monster.

„Carter—"

Er ließ mich nicht weitersprechen, sondern verschloss meinen Mund mit einem heißen Kuss, umfasste meine Brust und spielte mit meinem Nippel. Ich fühlte, wie mein Nippel hart wurde und wusste, Carter tat es, um mich abzulenken und damit ich mich besser fühlte, während ich mich seiner Größe anpasste.

Er drang etwas tiefer ein und zog sich wieder zurück. Langsam, so verdammt langsam füllte er mich aus, bis er auf mein Hindernis stieß. Es würde weh tun, das wusste ich. Carter küsste mich tiefer, lustvoller und ich konnte nur noch wimmern. Dann überraschte er mich damit, dass er in meinen Nippel kniff. Fest.

Ich schrie in seinen Mund und er drang vollständig in mich ein und durchstieß dabei mein dummes Jungfernhäutchen.

Er hob seinen Kopf, damit ich Luft holen und ihn fühlen konnte. Gott, ich war so voll. Ja, es hatte weh getan, aber es war schon vorbei. Jetzt fühlte ich mich… aufgebrochen. Offen. Eingefordert. Und mein Nippel kribbelte.

Carter beugte sich vor und nahm meinen misshandelten Nippel in seinen Mund, leckte ihn vorsichtig ab und saugte sanft. Um ihn zogen sich meine inneren Wände zusammen und passten sich an.

„Shh, warte einen Moment", murmelte er, während er eine Spur bis zu meinem Ohr küsste.

Ich bemerkte, dass ich mich in

seinen Bizeps krallte. Langsam nahm ich noch einmal tief Luft und entspannte meine Muskeln.

Gott, es war perfekt. Er war perfekt. Er hätte einfach in mich eindringen und es zu einer einfachen Erfahrung machen können. Einen schnellen Fick. Das hier war viel mehr. Er schuf eine Erinnerung für mich.

Ich konnte nicht länger unter ihm ruhig liegen und bewegte vorsichtig meine Hüfte, um das Gefühl zu erforschen.

„Warte einen Moment. Du hast gerade beim ersten Mal 20 cm aufgenommen und musst dich erst anpassen." Ich hörte die Zärtlichkeit in seiner Stimme, auch wenn sie etwas gepresst klang, da er sich zurückhielt. Ich wusste, er wollte mehr, brauchte mehr. Es fiel ihm schwer stillzuhalten.

Schweiß stand ihm auf der Stirn und sein Körper war verkrampft.

20 cm? Fuck.

Seine Hand glitt über meinen Körper, von meinem Gesicht zur Brust, weiter über Taille und Hüfte, mein Bein entlang, dass er an sich heranzog. Ich hatte ganz vergessen, dass ich noch meine Strapse und Fick-mich-Schuhe trug.

Ich atmete tief aus und entspannte mich unter ihm.

„Besser?", fragte er und strich mir mein Haar aus dem Gesicht. Sein dunkler Blick glitt über mein Gesicht.

„Besser."

Es war besser. Ich fühlte mich… jetzt ausgefüllt. Es tat nicht weh. Genau genommen wollte ich, dass er sich bewegte.

Er glitt etwas aus mir hinaus und ich merkte, wie ich meine Augen weit öffnete. Ich konnte sein Grinsen nicht übersehen. „Hat dir das gefallen?"

„Ja." Ich stöhnte. Heilige Scheiße, das fühlte sich wirklich gut an. Es war, als ob sein Schwanz alle meine Nervenenden zum Leben erweckte. Nervenenden, von deren Existenz ich keine Ahnung gehabt hatte.

„Wie ist das hier?", er zog sich noch weiter aus mir zurück, bis nur noch seine Eichel in mir war.

„Geh nicht!", schrie ich und griff nach seinen Schultern.

„Shh, ich gehe nirgendwo hin." Er drang langsam wieder in mich ein. „Besser so?"

Ich legte meinen Kopf in den Nacken und stöhnte. Das fühlte sich so gut an. So verdammt gut, dass ich fast kam. Sein Schwanz war wirklich gut. „Noch mal."

Er zog sich wieder fast ganz aus mir

zurück, ehe er wieder in mich stieß, diesmal etwas härter als zuvor.

„Ja!"

„Leg deine Beine um mich und halt dich fest."

Ich tat, wie er mir gesagt hatte und dann begann er, sich zu bewegen. Mit meinen Beinen um seine Hüften konnte er noch tiefer in mich eindringen und sein Becken rieb an meiner Klit. Es gab keinen Schmerz mehr. Es gab nur noch Lust.

Seine Zurückhaltung war fort.

„Du um meinen Schwanz herum, um mich, fühlt sich himmlisch an. Hier wollte ich das ganze letzte Jahr sein."

Heilige Scheiße. Er sprach beim Sex und ich stand drauf. Es war wie gesprochener Porno.

Es war unglaublich.

Er war unglaublich.

Mein Atem wurde schneller als ich

mich bewegte und als ich mich seinen Stößen anpasste, wurde es noch viel besser.

„Kommst du mit meinem Schwanz, Süße?"

Oh, ja.

Ich nickte und leckte mir über meine Lippen. Ich war kurz davor. Sein Schwanz war magisch und ich konnte nicht widerstehen, „Ja. Ich komme. Oh. Mein. Gott. Ich —"

Meine inneren Wände zogen sich um seinen Schwanz zusammen, massierten und melkte ihn und zogen ihn weiter in mich, um ihn nie wieder gehen zu lassen. Mein Innerstes zog sich immer wieder um ihn zusammen. Mein ganzer Körper war schweißgebadet und ich fühlte, wie ich immer feuchter wurde. Richtig nass und als er mich fickte erfüllte dieses Geräusch den Raum. Es war dunkel, reine Fleischeslust, dreckig und doch... perfekt. Ich war ein böses Mädchen.

Ich konnte den Schrei nicht unterdrücken. Es war so gut. Besser als seine Finger im Club, besser als sein Mund.

„Scheiße, deine kleine Pussy macht mich mit ihren Zuckungen verrückt. Und diese Absätze an meinem Arsch. Fuck."

Er stöhnte an meinen Hals und ich fühlte, wie er in mir noch einmal anschwoll und sich dann versteifte. Ich wusste, er war gekommen und sein Sperma füllte das Kondom. Genau in diesem Moment wünschte ich mir, jeden einzelnen Zentimeter von ihn ohne Kondom zu spüren, wie sein heißer Samen mich benetzte. Mich markierte. Ich wollte Carter Buchanan gehören.

Er hatte mir nur diese eine Nacht

angeboten, aber ich wusste, es war nicht genug.

Emma

ICH LAG auf der Seite und Carter hinter mir, mit seinem Arm um meine Taille, als ich aufwachte. Ich lächelte automatisch und lag ganz still. Ich betrachtete die Wand, die Designervorhänge, die schweren Mahagonimöbel und den cremefarbigen Teppich, der so dick war, dass man darin schwimmen konnte.

Letzte Nacht habe ich außer dem Mann bei mir nichts wahrgenommen. Während ich vorsichtig seinem gleichmäßigen Atem lauschte, genoss ich noch ein paar Minuten in diesem

Traum. Ich, im Bett, mit Carter. Wenn ich meine Augen schloss und jede Logik ignorierte, konnte ich mir einreden, dass ich wirklich hierhin gehörte.

Besser hätte die Entjungferung nicht stattfinden können. Ich klopfte mir gedanklich auf die Schulter und bereitete mich auf die Schmerzen vor, die jetzt folgen würden.

Ich musste gehen. Das einzige was noch armseliger war als einen One-Night-Stand mit deinem milliardenschweren Boss, war, am nächsten Morgen in der Hoffnung auf mehr Sex zu bleiben.

Ich würde mit Sicherheit nicht *dieses* Mädchen sein, egal wie sehr ich ihn wollte. Sicher, ich war noch Jungfrau gewesen, aber ich war nicht so naiv zu glauben, dass es mehr als heißer, unverbindlicher Sex zwischen zwei Erwachsenen gewesen war.

Wenn ich nicht bereits gekündigt hätte, würde ich jetzt durchdrehen. Aber um neun Uhr hatte ich ein Meeting mit meinem neuen Finanzteam und ich würde nur noch fünf Tage für Buchanan Industries arbeiten. Das hieß, ich musste nur noch zwei Besprechungen mit Carter und Ford überleben. Noch zwei Stunden in Carters Gegenwart. Und dann? Ein neuer Job. Neue Leute.

Ein neues Leben.

Ich sah zum Wecker auf dem Nachttisch. Sieben Uhr und ich musste noch nach Hause, duschen und mir etwas Anständiges für mein Meeting anziehen.

Seufzend löste ich mich aus Carters Umarmung und glitt aus dem Bett. Als Erstes musste ich mir mit einer App ein Auto rufen. Ich beobachtete, wie sich der kleine Punkt durch die Straßen ein paar km entfernt bewegte. Sechs Minuten. Ich hatte sechs Minuten, bis ich draußen stehen musste.

Das Anziehen ging schnell, weil ich ja nicht viel getragen hatte. Mein Slip war verschwunden, spurlos. Ich trug noch Strumpfhalter und Strümpfe und mein BH lag auf dem Boden neben Carter Hemd. Ich zog die unbrauchbar gewordenen Strümpfe aus und legte sie auf das Bett. Dann schlüpfte ich in mein Kleid und schloss den Reißverschluss. Ich war gerade dabei meine Schuhe anzuziehen, als sich die Energie im Raum merkbar änderte.

Carter.

„Wohin glaubst du, um diese Zeit zu gehen?" Er rollte sich auf den Rücken und das Laken rutschte hinab. Ich konnte seinen muskulösen Oberkörper betrachten und das freche Grinsen auf

Carters Gesicht verriet mir, dass er mich beim Starren erwischt hatte.

„Ich habe um neun Uhr ein Meeting. Ich muss los." Ich nahm Handy, Kreditkarte und Ausweis, stopfte alles in meinem BH und bereitete mich auf die Schmach vor.

Er sah mich mit einem weichen, warmen Blick an. Der Blick traf mich ins Herz und ich wollte nur noch zurück in das große Bett klettern, mich an ihn kuscheln und wie eine Katze schnurren.

„Bleib. Nur für ein paar Minuten."

„Ich kann nicht."

Er runzelte die Stirn. „Dann küss mich ehe du gehst."

Ich schüttelte den Kopf und widerstand der Versuchung. „Besser nicht."

„Emma. Komm her." Er richtete sich abrupt auf und ich konnte einen Blick auf seine sehr lange, sehr beeindruckende Morgenlatte werfen. Oh, Gott. Er war prachtvoll. Ich hatte ihn schon in der Nacht gesehen, aber im hellen Tageslicht... Meine Pussy zog sich vor Erregung zusammen und der leichte Schmerz zwischen meinen Schenkeln erinnerte ich dran, wo dieser harte, lange Schwanz letzte Nacht gewesen war.

Ich machte noch einen Schritt und biss mir auf die Lippe. „Nein. Ich muss gehen." Ich war gerade an der Tür, als er aufstand und ich seinen gottgleichen Körper bewundern konnte. Sein dunkles Haar war vom Schlaf zerzaust und machte ihn noch attraktiver. Zugänglicher. Echter. Seine Perfektion war nicht fair. Es war uns Sterblichen gegenüber nicht fair. „Ich muss gehen, Carter. Ich..." Verdammt, was sollte ich sagen? *Danke, dass du mich entjungfert hast. Es war gut?* „Danke für letzte Nacht."

„Emma—"

Ich unterbrach ihn, winkte mit der Hand, damit er aufhörte zu reden. Es war schon schwierig genug. „Ich weiß, es war nur diese eine Nacht, Carter. Keine Sorge, ich werde im Büro nicht darüber sprechen."

„Emma—dass ist nicht..."

Ich flüchtete, ehe er ausreden konnte. Ich wollte keine hohlen Phrasen oder leeren Versprechen von ihm hören. Ich kannte die Regeln und hatte zugestimmt das Spiel zu spielen. Was für ein Spiel. Er hatte auf jeden Fall getroffen, aber Gewinner waren wir beide. Jetzt war das Spiel vorbei. Es wurde Zeit für mich, mich wie ein erwachsener Mensch zu verhalten und ohne großes Drama zu verschwinden. Und, so schien es, ohne meinen Slip.

Sein Haus war riesig, die langen Flure mit klassischen Gemälden und Teppichen dekoriert, die wahrscheinlich mein Jahresgehalt in den Schatten stellten. Ja, er war eine ganz andere Liga.

Zum Glück fand ich den direkten Weg zur Eingangstür. Carter erschien oben an der Treppe und er hatte immerhin seine Hose angezogen, die aber offen auf seiner Hüfte hing. Er war barfuß und seine Brust war ein wunderbarer Anblick. Ich betrachtete ihn lang genug, um mir das Bild für später ins Gedächtnis zu brennen und winkte, als ich die Tür öffnete.

„Emma, bleib wo du bist", befahl er. „Wir müssen reden."

Ich schüttelte den Kopf. Warum musste er es mir so schwer machen? Seit wann wollten die einmal-vögeln-und-weiter-Typen reden?

„Nein, müssen wir nicht. Ich bin ein großes Mädchen. Ich war vielleicht noch Jungfrau, aber ich weiß trotzdem, was ein One-Night-Stand ist." Ich lächelte ein super-strahlendes, albernes, alles-ist-super-Lächeln damit er sah, dass es mir gut ging, auch wenn ich mich nicht so fühlte. „Danke, Carter. Bye."

Ich schlug die Tür hinter mir zu und lief, so schnell es auf den hohen Absätzen möglich war, wie ein Idiot die lange, kurvige Zufahrt hinab. Hohe Bäume standen auf beiden Seiten der Privatzufahrt zu Carters Villa. Perfekt gepflegte Blumenbeete und Sträucher vervollständigten den Look des alten, stattlichen Gebäudes. Ich drehte mich um und betrachtete die zweigeschossige Kolonialvilla mit den Marmorsäulen, riesigen Fenstern und strahlend weißen Mauern. Es sah aus wie aus einem Märchen. Der Prinz mit dem Zauberschwanz.

Aber ich war keine Prinzessin. Verdammt noch mal.

Mein Auto fuhr in diesem Moment vor und ich kletterte auf den Rücksitz, gerade als Carter vor das Haus trat. Ich winkte zum Abschied, als der Wagen wendete und mich von dem einzigen Mann auf dem Planeten fortbrachte, den ich nicht verlassen wollte.

„Bye, Carter", flüsterte ich meinen Abschied, während der Fahrer losfuhr. Ich wische mir eine Träne aus dem Gesicht. Nur eine. Und ich weigerte mich darüber nachzudenken, warum ich überhaupt weinte.

7

arter

„Wo zur Hölle ist sie?", Ich lief mit Emmas Slip in meiner Tasche in Fords Büro.

Sie war vor mir weggelaufen. Verängstigt. Ich hätte damit rechnen sollen, aber ich habe es verbockt. Ich habe sie entwischen lassen. Ich hätte ihr sagen sollen, wie ich mich fühle. Warum sie die einzige Frau war, die ich je in mein Haus, in mein Bett genommen hatte. Sie dachte, ich wollte nur einen One-Night-Stand, dass ich sie ficken und vergessen wollte. Verdammt, dass ich sie entjungfern und dann wegschieben wollte. Sie hatte mir ihre Unschuld *gegeben* und ich habe sie nicht leichtfertig genommen. Sie war anscheinend anderer Ansicht und es wurde Zeit, dies klarzustellen.

Was wir geteilt hatten, war wild und versaut. Heiß. Aber es war auch... etwas Besonderes gewesen. Die Verbindung zwischen uns unterschied sich von der mit allen anderen Frauen. Ich hatte sie nicht einfach vernascht, ihr Geschmack hatte sich mir eingebrannt. Ich hatte nicht einfach ihre Unschuld genommen, ich hatte beobachtet, zugehört und herausgefunden, was sie antörnt und was sie dazu bringt meinen Namen zu rufen. Was sie mit einem verfickten Schrei kommen ließ.

Anschließend war sie verschwitzt, keuchend, sehr befriedigt und definitiv entjungfert eingeschlafen. Warum sie weggelaufen war, nachdem es zwischen uns so gut gewesen war, musste ich herausfinden.

Sie hatte behauptet, um neun Uhr ein Meeting zu haben. Es war viertel nach neun, Ford saß in seinem Büro und eine Frau, die ich nicht kannte an Emmas Schreibtisch.

Was? Verdammt?

Wenn Emma glaubte, mich so schnell loszuwerden, stand ihr eine Überraschung bevor.

Ford blickte von seinem Bericht auf und sah mich an. Er sah mich wie immer an, wie ein verklemmtes Arschloch. Was er auch war. Wenn jemand ganz dringend einmal flachgelegt werden musste, dann mein Bruder. Er sah aus wie ich, mit etwas helleren Haaren und grünen statt braunen Augen und dem finsteren Gesicht unseres Vaters. Seine Augen durchbohrten mich mit dem Scharfsinn, mit dem er auch seit dem Ruhestand unseres Vaters vor zwei Jahren das Geschäft führte. Ford war ein gnadenloses, brillantes Arschloch und bei den Buchanans zählte dies jeden Tag. Ich versuchte oft, ihn nachzuahmen, aber heute war ich nicht in der Stimmung für Spielchen.

„Wer?"

„Emma."

„Oh", Fords abschätziger Ton passte zu seinem Gesichtsausdruck und er wandte sich wieder dem Bericht zu, ganz so, als ob ich nicht da wäre. „Weg."

„Was heißt das, weg?"

Mein Bruder sah nicht einmal auf.

„Sie hat ein Meeting. Miller and Walsh. Zwei Blocks die Straße runter, glänzendes Gebäude auf der rechten Seite."

„Ich weiß, wo die sind." Wir trieben seit über zehn Jahren Geschäfte mit ihnen. Gott, war mein Bruder absichtlich so ein begriffsstutziger Arsch oder einfach blind. Ich setzte mich in den Stuhl vor seinem Schreibtisch und legte die Füße auf den Tisch nur um ihn zu ärgern. Ich knallte meine Fersen fest auf das polierte Holz, um seine Aufmerksamkeit zu erlangen. „Warum ist sie dort?"

Ford presste seine Kiefer zusammen als er meine Schuhe auf seinem heiligen, antiken Mahagonischreibtisch sah, aber er legte das verdammt Dokument zur Seite und sah mich an. „Sie trifft dort ihr neue Finanzteam."

„Warum, hast du ein Finanzteam bei Miller and Walsh?"

Ford verdrehte die Augen und lächelte langsam. Frauen bewarfen ihn aufgrund dieses Lächelns mit Slips. Er nutzte es nicht oft und deshalb machte mich dieses verdammte Grinsen nervös. „Habe ich nicht." Ford lehnte sich vor und stütze seine Arme auf die Unterlagen, die auf seinem Schreibtisch verstreut lagen. „Warum interessierst du dich so für Miss Sanders?"

„Weil sie mir gehört", gab ich bereitwillig zu, vor allem seit ich sie in meinem Bett und beansprucht hatte. Das einzige was noch fehlte, war das Kondom wegzulassen und sie mit meinem Samen zu füllen. Sie mit meinem Duft zu markieren.

Ford schnaubte. „Wirklich?"

„Ja, wirklich. Sie gehört mir, Ford." Mein Bruder öffnete den Mund, um mich mal wieder zu belehren, aber ich schnitt ihn mit meiner Hand ab. „Nerv mich jetzt nicht mit der Firmenpolitik oder so einem Scheiß. Sie gehört mir."

Es war still im Raum und wir starrten uns gegenseitig an. Ich würde nicht nachgeben. Nicht hierbei.

„Emma Sanders hat am Montag gekündigt", antwortete Ford in ruhigem Ton, im Gegensatz zu meinem. „Sie ist in genau diesem Moment bei Miller and Walsh um ihr neues Team zu treffen."

„Sie hat gekündigt?" Sie hatte es mit keinem Wort erwähnt. Aber abgesehen von „mehr", „bitte" und meinem Namen hatte sie eh nicht viel gesagt, nachdem ich ihren Slip ausgezogen hatte. Wir hatten auch kaum Zeit für Bettgeflüster, da sie so davon gestürmt war.

„Ja", bestätigte Ford. „Ihre Arbeit

hier war nur vorübergehend. Als meine Sekretärin war sie überqualifiziert. Sie ist nur so lange geblieben, bis sie ihren Abschluss hatte."

Ja, sie war zu schlau, um sich für immer um Fords Papiere zu kümmern. Das Wissen, dass sie die ganze Zeit einen Plan hatte und so vernünftig war, hatte sie nur noch attraktiver gemacht.

Scheiße. Ich selbstsüchtiger Arsch wollte sie nur eine Etage unter mir und nicht zwei Blöcke weiter. Zwei Blöcke. Ich konnte damit leben, wenn sie dafür jede Nacht zu mir nach Hause kam.

Ford lehnte sich in seinem Stuhl zurück und fragte, „Was läuft da zwischen dir und Emma?"

„Ich werde sie heiraten, das läuft."

Ford lachte wie ein Junggeselle, der sein Herz—und seinen Schwanz—noch nicht an eine bestimmte Frau verschenkt hatte. „Weiß sie es?"

„Nein."

Er lachte noch mehr und ich zeigte ihm meinen Mittelfinger, als ich aufstand und sein Büro verließ. „Aber sie wird."

Ich musste hier raus, ohne Emma hatte ich keine Lust, hier zu sein. Meine Termine hatte ich gestern schon verschoben, nachdem ich das Gespräch zwischen Tori und Emma gehört hatte. *Mein* Plan war gewesen, sie mit zu mir zu nehmen, sie zu verführen und davon zu überzeugen zu bleiben. Sie sollte nicht im Morgengrauen vor mir flüchten. Nein. Sie sollte den ganzen verdammten Tag in meinem Bett bleiben, wo ich ihr erzählen konnte, dass ich sie, für immer, mit Küssen verwöhnen und mit meinem Schwanz füllen wollte.

———

Emma

So wie ich durch die Tür kam, kickte ich die Schuhe in die Ecke, zog mein Kostüm aus und schlüpfte in meine Yogahose und ein altes verwaschenes T-Shirt. Mit einem Waschlappen wischte ich mit mein Make-up und den langen Tag aus dem Gesicht. Ich hatte es geschafft. Es war offiziell. Ich war Junior Finanzassessorin.

Ich hatte mich seit Monaten darauf gefreut, einen *echten* Job anzutreten, den Job, der die erste Stufe auf meiner Karriereleiter war. Ein Job als Finanzprüfer. Ich wollte Unstimmigkeiten aufdecken und lösen. Ich mochte Zahlen und das Lösen von Problemen und der angebotene Job war genau das, wovon ich geträumt hatte. Mehr noch, ich konnte meinen Kredit abbezahlen, während ich tat, was mir Spaß machte. Den Job dann auch noch bei einem angesehenen Unternehmen wie Miller and Walsh zu bekommen, machte es noch viel besser.

Als ich den Waschlappen ausspülte und über das Waschbecken legte, wanderten meine Gedanken von meinem neuen Job zu Carter. Unsere gemeinsame Nacht. Der Schmerz zwischen meinen Schenkeln. Ich hatte mich heute kaum auf meinem Stuhl bewegen können, ohne an die Nacht erinnert zu werden. Ich hatte vielleicht sein Haus verlassen, aber er war den ganzen Tag bei mir gewesen.

Ich hatte genau das bekommen, was ich gewollt hatte. Ich sah in den Spiegel und fragte mich, ob man sehen konnte, dass ich nicht länger Jungfrau war. Ich nahm meine Haare und band einen lockeren Pferdeschwanz. Ich *sah* nicht anders aus, aber ich fühlte mich auf jeden Fall anders. Meine Pussy war tief in mir wund, aber das war mir egal. Wenn das alles gewesen war, was ich von Carter haben konnte, war es das wert gewesen. Der Schmerz in meinem Körper würde vergehen. Der Schmerz in meinem Herzen nicht. Für eine sehr lange Zeit nicht. Es war ein Glücksfall, dass wir nicht mehr im selben Gebäude arbeiten würden. Ihn jeden Tag mit anderen Frauen zu sehen, würde mich ganz langsam umbringen.

Ich zog mir also meine großes-Mädchen-Hose an und akzeptierte die letzte Nacht als das, was sie gewesen war. Ein One-Night-Stand. Jetzt wusste ich, wie es sich anfühlte gefickt zu werden. Wenn ich an die Geschichten denke, die meine Freundinnen manchmal so erzählten, konnte ich froh sein, dass Carter so gut war. Nicht nur gut, er war unglaublich gewesen. Aber er war auch so unglaublich süß gewesen. Es gab viele Dinge, die ich an Carter liebte, vor allem die ganze Nacht von ihm im Arm gehalten zu werden. Das hatte mir gefallen... sehr sogar.

Das war auch, was meinem Herzen weh tat... sehr sogar. Für mich war die eine Nacht nicht genug. Ich gehörte zu der Sorte Mädchen, die mehr wollte. Das Haus, die Kinder, den Hund, sogar den Minivan. Ich wollte das alles mit Carter, aber was machte ich mir vor? Ich verdrehte zu meinem Gegenüber im Spiegel die Augen.

Carter Buchanan in einem Minivan, wie er einem nörgelnden Kleinkind Cheerios gibt? Also wirklich.

Ich machte das Licht aus und ging in die Küche, um eine Flasche Wein zu öffnen. Ich hatte mir ein Glas... eine Flasche verdient. Als es klingelte, drehte ich mich zur Tür. Ich sah durch den Türspion und mein Herz blieb stehen.

„Ich weiß, dass du da bist Emma."

Warum war er hier? One-Night-Stands sollten am nächsten Tag nicht vor deiner Tür auftauchen. Das sagt schon der Name.

Ich atmete tief ein und öffnete die Tür.

Gott, er sah so gut aus. Heute trug er einen schwarzen Anzug mit einem schneeweißen Hemd und einer hellblauen Krawatte. Sein Outfit kostete mehr als mein altes Auto. Sein Blick glitt von meinen pinken Fußnägeln aufwärts.

„Ich mag diesen Look", kommentierte er.

Oh, Scheiße. Yogahose, altes T-Shirt, kein Make-up, unfrisiert, es war der unromantischste Look auf dem Planeten. Anstatt zu stöhnen fragte ich, „Was willst du hier?"

„Dich zum Essen ausführen. Hoffentlich."

„Essen?"

„Du hast deinen Abschluss und einen neuen Job. Es ist auf jeden Fall ein Grund zum Feiern."

„Carter, ich habe nicht die Klamotten an, um Essen zu gehen."

Er trat näher und ich einen Schritt zurück, dann fiel mir auf, dass ich ihn nie eingeladen hatte.

Nachdem er eingetreten war, sah er sich um. „Nette Wohnung. Sie passt zu dir."

Ich hatte die Wände weiß gelassen und einzelne Kissen und Poster sorgen für die nötige Abwechslung. Es war nicht viel, was man mit einer Mietwohnung machen durfte, aber mit meinem neuen Job konnte ich anfangen, auf mein eigenes Apartment zu sparen.

„Danke. Carter, ich—"

Ich verstummte, als ich in seine dunklen Augen sah. In den Augen lag mehr als nur ein Abschlussessen.

„Geh mit mir Essen. Nicht nur wegen des Jobs, sondern weil du es willst." Als ich ihn mit offenen Mund anstarrte ergänzte er. „Ich möchte, dass du willst."

Die Art wie er es sagte, ließ meinen Widerstand wie ein Kartenhaus in sich zusammenfallen.

„Ich bin nicht richtig angezogen." Ich zeigt auf seinen Anzug.

Ohne ein Wort zu sagen, nahm er seine Krawatte ab und öffnete den obersten Knopf seines Hemdes. Er zog sein Jackett aus und legte es mit seiner Krawatte über den Arm.

„Da. Und du siehst... perfekt aus,

wenn ich das sagen darf." In seinen Augen glühte etwas, dass ich nicht kannte. „Lass uns essen gehen. Sag einfach ja."

Ich wollte es so sehr. Aber Carter kam mit Ballast, viel Ballast. Ein One-Night-Stand war eine Sache, selbst wenn ich mehr von ihm wollte, ich *kannte* ihn. Ich kannte seinen Lebensstil. Seine Frauen. Ich wollte ihn so sehr, dass mir das Atmen schwer fiel, aber ich kannte die Fakten. Wenn ich es zuließe, würde Carter mich in eine Million kleine Teilchen zerbrechen. Die letzte Nacht hat mich davon überzeugt. Wenn ich es zulassen würde, dass er mich erneut berührte, war ich verloren. Ich war zu schwach, um mit ihm zusammen zu sein, ohne mich zu verlieben. Verdammt, es war schon zu spät. Ich wusste es. Aber es bedeutete nicht, dass ich auch masochistisch veranlagt war. Ich wusste, wie dies enden würde und ich konnte nichts riskieren, wenn es um mein Herz ging.

„Essen. Komm schon." Er lächelte und holte die schweren Geschütze heraus. „Du musst essen."

Ich verdreht meine Augen. Dieses verdammte Lächeln. Es war nicht fair. „Also gut."

Ich stimmte zu, aber nur, um ihm sagen zu können, dass ich ihn nicht mehr sehen konnte. Dieses Gespräch wollte ich nicht bei mir zu Hause führen, wo ein großes, weiches Bett so verführerisch nah war.

Er wartete, während ich mir Schuhe anzog, mein Portemonnaie schnappte und abschloss. Er hilf mir in sein Auto und ich wurde sofort von dem weichen Leder mit seinem besonderen Geruch und dem Geruch von Carter eingehüllt.

Er glitt auf den Fahrersitz, legte den Gang ein und umfasste das Lenkrad.

Ich wusste, was diese Finger konnten und wie geschickt sie waren. Ich rutsche in meinem Sitz hin und her und beobachtete ihn aus dem Augenwinkel. Gott, er war Sex auf zwei Beinen. Nur in seinem Hemd, das Leinen an seine breiten Schultern und starke Bizepsmuskeln geschmiegt. Ich hatte seinen festen Körper in den letzten zehn Monaten tagtäglich aufmerksam studiert. Das firmeneigene Fitnessstudio lag in der zweiten Etage und ich hatte ihn oft genug dort unten gefunden. Sporthosen und ein enges, durchgeschwitztes T-Shirt standen ihm ausgezeichnet und ich hatte mich mehr als einmal abwenden müssen, als ich mit ihm sprach, weil ich befürchtete, dass mir der Wunsch ihn von oben bis unten abzulecken ins Gesicht geschrieben stand.

Aber jetzt wusste ich, wie er nackt aussah und sich anfühlte.

Er fuhr ein paar Minuten in dieser Stille und ich wusste nicht, was ich sagen sollte. Ich sah so schlampig aus und war weit unter seiner Liga. Ich wusste nicht einmal, warum ich hier in seinem dummen Auto saß. Essen. Gott, das war einfach dämlich. Es würde nirgendwo hinführen und gemeinsam Essen würde den Abschied noch schwerer machen. Je länger ich darüber nachdachte, umso mehr erkannte ich, dass es ein großer Fehler war. Ein Riesenfehler. Es konnte nichts Gutes dabei herauskommen, wenn ich mein Verlangen, meiner dummen Hoffnung nachgab.

Ich rutschte im Sitz hin und her und ärgerte mich, dass ich so feucht war, dass ich es an meinen Schenkeln fühlen konnte, der Schmerz in meiner Pussy der nicht nur von seinem Schwanz letzte Nacht kam. Ich war feucht und bereit für ihn. Wieder. Verdammt. Warum musste es Carter sein? Warum nicht David aus der Buchhaltung? Er war Single, sah nicht schlecht aus und war nur ein Jahr älter als ich. Das würde viel mehr Sinn machen. Aber das hier? Das war nur verrückt.

Ich seufzte und schlug meine Beine übereinander, während ich versuchte Carters Eau de Cologne zu ignorieren. Es schien wie ein Aphrodisiakum in meinen Körper einzudringen und ließ mich daran denken, Carter zu berühren, zu küssen, meine Beine für ihn zu öffnen und zu beobachten, wie er seinen Mund benutze, bis ich ihn anflehte mich zu ficken. Wieder. In meiner Fantasie war ich der Star irgendeiner abgedrehten erotischen Liebesgeschichte und Carter war der Bad-Boy-Titelheld, der wusste, was er mit meinem Körper machen musste, damit ich hinterher so fertig war, dass ich nicht einmal mehr meinen Namen wusste. Und ich wusste, er konnte mich jeder Zeit meinen Namen vergessen lassen. In seinem Bett hatte ich die Wirklichkeit für einen Moment vergessen, als er mich ausfüllte, schmeckte, hielt und auf sein Bett drückte...

Mir entschlüpfte ein leises Stöhnen und ich unterdrückte es, indem ich meine Arme um meine Taille schlang. Ich sah aus dem Fenster, dass Carter wie versprochen auf den Parkplatz eines 24-Stunden-Diners fuhr. Gott, das war emotionaler Selbstmord. „Ich glaube, ich will lieber nach Hause, Carter."

Carter stellte den Motor ab und sah mich an.

„Warum? Ich liebe den Kuchen, den sie hier servieren. Magst du keinen Kuchen?"

Ich musste lächeln. „Doch, ich liebe Kuchen."

„Wo liegt dann das Problem?"

„Ich verstehe es einfach nicht" Ich zog das Bündchen von meinem T-Shirt weiter über meinen Bauch, in der Hoffnung eine weitere Lage Stoff würde meine Pussy beruhigen. Gott, war das armselig.

Er runzelte die Stirn und sein Arm lag auf dem Lenkrad. „Ich glaube, ich auch nicht. Erklär es mir, Süße."

Ich zeigte auf uns. „Das hier. Süße, warum nennst du mich so? Es war ein One-Night-Stand, warum gehen wir essen?"

„Ich habe nie gesagt, dass es ein One-Night-Stand ist", antwortete er.

„Carter, wir haben auf der Toilette rumgemacht." Ich spürte, wie mein Gesicht heiß wurde und wandte mich ab.

„Das war nicht rummachen, dass was das Vorspiel."

Oh, Gott. Ich brauche einen neuen Slip. Ich wrang meine Hände in meinem Schoß, während er weitersprach.

„Das Vorspiel zu dem, was wir in meinem Bett getrieben haben. Vorspiel zu dem, was wir später tun werden. Morgen. Für immer."

Meine Augenbrauen schossen hoch. „Für immer? Aber du bist eine—"

Ich biss mir auf die Lippen und er runzelte die Stirn. „Sprich aus."

Ich hatte es nicht einmal ausgesprochen und doch hatte ich das Gefühl ihn beleidigt zu haben. Aber ich hatte die Frauen gesehen, die Fotos. Ich kannte die Wahrheit.

Ich sah auf meine Hände. „Du bist eine männliche Schlampe, Carter. Alle wissen es. Ich könnte nicht damit leben, nur eine weitere Kerbe in deinem Bettpfosten zu sein. So ein Mädchen bin ich nicht."

Irgendwo auf der Straße hupte ein Auto, ansonsten war es still. Gott, er würde den Wagen starten und mich nach Hause fahren. Oder einfach die Tür öffnen und mich auf den Gehweg schubsen.

„Du denkst also, ich bin eine männliche Schlampe?", fragte er schließlich.

Ich war froh, dass es im Auto so dunkel war, dass er nicht sehen konnte, wie meine Wangen glühten. Er musste spüren, dass ich nicht die Absicht hatte zu antworten und so sprach er ganz entspannt weiter.

„Seit ich dich getroffen habe, habe ich mit keiner Frau mehr geschlafen."

Ich starrte ihn an. Sein dunkles Haar war zerzauster als im Büro und ich hatte das Bedürfnis mit meinen Finger hindurchzufahren. Ein leichter Bartschatten verdunkelte seine Wangen.

„Ich glaube dir nicht", antwortete ich und lehnte mich an die Tür, um den Abstand zu vergrößern.

„Glaub den Gerüchten nicht."

„Auf das Getratsche im Büro höre ich nicht." Dafür gab es zu viel, als ob da ein Fünkchen Wahrheit drinstecken könnte. Meine Quellen waren zuverlässiger. Verdammt, sie organisierte die Dates für ihn. Tori. Meine Freundin Tori war Carters persönliche Assistentin. Sie wusste alles—und sie verriet es mir.

Er sah mich an und dann ein Pärchen, das neben uns in ein Auto stieg. „Also gut, mit wem war ich zusammen?" fragte er. „Du bist mit Tori befreundet und sie kennt meinen Tagesablauf besser als ich."

Genau. „Die Blondine auf dem Ball bei Harris", sagte ich.

Er überlegte einen Moment.

„Meine Schwester."

Seine—

„Die Firmenfeier am 4. Juli." Er hatte nie im Leben zwei so attraktive Schwestern, eine blond, eine rothaarig.

„Evelyn Patterson."

Ich rollte mit den Augen. Wenigstens leugnete er nicht, dass er eine Frau dabei gehabt hatte.

„Die Frau meines besten Freundes", fügte er hinzu. „Du hast Colin Patterson schon mal getroffen. Großer Kerl, wir haben zusammen Golf gespielt... mit Ford, bei einer Charity-Veranstaltung im August. Beim Picknick hatte Colin Bereitschaftsdienst und musste zu einem Notfallkaiserschnitt. Er ist Spezialist für Geburten. Er wollte nicht, dass Evelyn allein ist, also habe ich sie mitgenommen."

Oh.

„Wann noch, Emma?" Ich konnte das freche Grinsen, das sich in seinem Mundwinkel versteckte, sehen. Er machte nicht den Eindruck als wäre er mit heruntergelassenen Hosen erwischt worden. Er sah zu selbstbewusst aus, ganz so, als würde er die Wahrheit sagen.

„Letzte Woche bei dem Empfang zur Milkin-Fusion."

„Meine Nachbarin", antwortete er sofort. Nachdem das Auto neben uns weggefahren war, war es wieder still. Hier im Wagen war es wie in einem Kokon, leise und abgeschlossen. Sein sauberer Geruch war nun intensiver und seine Augen, mit denen er mich jetzt direkt ansah, wirkten schwarz. „Und ehe du fragst, nein, ich habe sie nicht gefickt. Sie ist lesbisch und findet meine Ausrüstung nicht so erregend."

Mir fiel die Kinnlade runter.

„Aber warum?", Ich fragte, bevor ich überhaupt nachgedacht hatte.

„Warum ich mir Begleitungen suche, die schon vergeben sind oder absolut kein Interesse an mir haben? Weil die Frau, die ich eigentlich fragen wollte, bei meinem Bruder im Vorzimmer gesessen ist. Wie du weißt, musste ich jemanden mitbringen, also habe ich eine Begleitung gefunden, aber das war alles."

„Dann hast du wirklich nicht—"

Ich konnte keinen Satz zu Ende bringen.

„Ich habe keine von ihnen gefickt. Ich habe niemanden gefickt. Verdammt, ich habe keine Frau *angefasst*, seit ich dich gesehen habe. Ich habe nur gewartet, Emma, gewartet bis du deinen Abschluss hast. Ich war ein verfickter Gentleman." Er krallte sich so sehr ans Lenkrad, dass ich befürchtete, er würde es durchbrechen. „Bis du mich gezwungen hast."

Oh. Heilige Scheiße. Die ganze Entjungferungsgeschichte.

Er sah mich an und ich verschmolz mit dem Sitz, mein ganzer Körper sehnte sich nach ihm. „Dein Körper gehört mir, Emma. Ich teile nicht."

Normalerweise würde mich dieses ganze Neandertalergetue abtörnen, aber bei Carter hatte es den gegenteiligen Effekt. Ich fühlte mich gewollt, ersehnt. Der Gedanke, dass *ich* der Grund für seine sexuelle Auszeit war, war überwältigend. Ich! Ich war nichts Besonderes, nicht im Vergleich zu den wunderschönen Frauen, die ihn normalerweise begleiteten, vor allem nicht in meiner Yogahose, wenn ich nicht mal in der Nähe eines Fitnessstudios war. Aber er hatte die Frauen nicht angerührt. Ganz bestimmt nicht seine Schwester und auf keinen Fall die Frau von seinem Freund. Und auch wenn er der heißeste Typ war, den ich kannte, bei einer Lesbe konnte auch er keine Chance haben.

„Warum ich?", fragte ich.

„Du bist schlau, wunderschön und du hast Klasse. Deine Kurven sind ein Traum und jedes Mal, wenn ich dich ansehe, kann ich nur noch daran denken, dich über meinen Schreibtisch zu beugen und mit meinem Schwanz zu füllen. Deine Unschuld, die du einfach wegwerfen wolltest, gehörte mir."

„Das klingt ganz schön besitzergreifend", antwortete ich.

Er sah mich ich mit seinen dunklen Augen an. Ich sah so viel, alles, was er mir bisher nicht gezeigt hatte. Es war der heißeste, sinnlichste Blick, den ich je gesehen hatte. „Ich will dich Emma. Und das nicht nur als One-Night-Stand."

Ich konnte kaum noch Atmen und mein Herz flatterte wie ein Schmetterling. „Was willst du dann?"

„Für immer."

Mein Herz schlug noch schneller. Vergiss Schmetterling. Eine Büffelherde lief durch meine Eingeweide und ich hatte das Gefühl ohnmächtig zu werden.

Carter sah mich kurz an und berührte meine Stirn, wie bei einem

Kind mit Fieber. „Emma? Geht es dir gut?"

„Nein." Nein. Es ging mir nicht gut. Ich hatte das Gefühl in einer Parallelwelt zu sein, in der ich Carter Buchanan ficken konnte. In der der sündhaft sexy Milliardär davon sprach, für immer mit der unschuldigen und unerfahrenen Sekretärin zusammen sein zu wollen. Das musste ein Traum sein. Oder ein Witz. Vielleicht eine Wette? Hatte er eine Wette abgeschlossen in der es darum ging, wer die Jungfrau bekam, so wie im Kino? Wie dumm stellte ich mich gerade an?

Ganz ehrlich. Wie wahrscheinlich war es, dass Carter Buchanan, der sexy, smarte Milliardär wirklich ein Niemand aus der Mittelklassen wollte, eine Sekretärin, die vorher noch nie einen Mann gehabt hatte?

Er sollte mit einem Supermodel

oder einer Schauspielerin zusammen sein. Vielleicht auch eine Ärztin oder so etwas. Ich machte mir etwas vor. Ich ignorierte seinen besorgten Gesichtsausdruck und sagte, „Bring mich bitte nach Hause."

„Sprich mit mir."

„Bring mich nach Hause."

Ich sah, wie sich sein Kiefer anspannte, aber er startete den Motor und fuhr mich wieder nach Hause. Während der kurzen Fahrt sprachen wir kein Wort und es war unerträglich. Ich dachte, er würde mich nur kurz rauslassen und weiterfahren, weil ich ihm die kalte Schulter zeigte. Stattdessen parkte er den Wagen und kam herumgelaufen, um mir beim Aussteigen zu helfen. Wie sich herausstellte, war es auch notwendig, weil meine Knie ganz wackelig waren.

8
———

Emma

Carter legte mir den Arm um die Taille und führte mich zu meiner Tür. Als ich vergeblich versuchte meinen Schlüssel ins Schloss zu bekommen, nahm er ihn mir ab und schloss auf. Nachdem er mich hineinbegleitet hatte, schloss er die Tür, machte Licht an und führte mich zum Sofa. Ich setzte mich und seufzte tief.

Vielleicht brauchte ich etwas zu Essen. Oder einen Realitäts-Check. Ich hatte den Eindruck vollkommen die Kontrolle verloren zu haben.

Vor ein paar Tagen war ich mir noch so sicher gewesen. Ich würde ein neues Leben beginnen und meine Besessenheit mit Carter hinter mir lassen.

Jetzt kniete er auf meinem Wohnzimmerfußboden. Er kniete! Seine Hände lagen auf meinen Oberschenkeln, als würden sie ihm gehören und die Hitze, die von ihnen ausging, löste nicht nur den Nebel in meinem Kopf auf, sondern verwandelten ihn in etwas anderes.

„Carter", flüsterte ich.

Über alle Maßen versucht, öffnete ich meine Beine ein wenig, um ihn dort zu spüren und hasste mich gleichzeitig für meine Schwäche.

Nein, ich brauchte kein Essen. Ich

brauchte Carters Berührungen, die mir das Gefühl vermittelten, lebendig, echt und geliebt zu sein. Nicht diese ängstliche, verstörte Version meiner selbst, die Angst davor hatte, seinen Worten zu glauben.

Ich liebte Carter. Ich liebte ihn seit Monaten. Ihm zuzuhören, wenn er einfach so von *für immer* sprach, wo ich doch wusste, dass er es nicht ernst meinte…nun…es brach mir das Herz.

„Du solltest gehen", Ich liebte ihn, aber ich war nicht dumm. Ich kannte den Preis, als ich letzte Nacht mit ihm geschlafen hatte. Ich war Jungfrau gewesen und er wollte der erste sein. Gut. Verstanden. Aus irgendeinem Grund waren Männer gerne der Erste. Egal. Eine Zufallsbekanntschaft aus der Bar wäre jetzt Geschichte. Aber Carter, er hatte keinen Grund so mit mir zu spielen.

„Nein, ich gehe nirgendwo hin, ehe du mir zugehört hast." Seine Worte waren so nachdrücklich, wie seine Hände auf meinen Schenkeln.

Ich schüttelte den Kopf und riss mich zusammen. Ich schloss meine Schenkel, hob den Kopf und blickte ihn direkt an. Er sollte sehen, wie sehr er mich mit seinen Spielchen verletzte. „Geh…geh endlich, Carter. Es ist nicht mehr witzig."

„Ich mache keine Witze", Carter griff in seine Hosentasche und zog eine kleine, schwarze Samtschachtel hervor. „Heirate mich, Emma. Ich liebe dich. Ich liebe dich seit Monaten. Du bist die einzige Frau für mich. Ich will dich. Ich will, dass du die Mutter meiner Kinder wirst. Ich will dir gehören. Nicht nur für eine Nacht, Emma. Für immer."

Ich starrte ihn sprachlos an, bis er die Schachtel öffnete und zu mir drehte. In der Schachtel war der schönste Diamant-Solitär, den ich je gesehen habe.

Ich blinzelte und sah von dem Ring in sein Gesicht, sah die Aufrichtigkeit, das Verlangen, die Liebe. Ich spürte, wie mir eine Träne über das Gesicht lief und wischte sie mit zittrigen Fingern fort, in der Hoffnung, dass er es nicht merken würde.

„Sag ja."

„Du willst mich?", quietschte ich. „Aber ich bin so viel jünger. Ich bin so unerfahren und du bist...du bist—"

„Alt?", fragte er.

Ich schüttelte den Kopf. Ja, er war älter als ich, zehn Jahre. Ich kannte seinen Geburtstag so gut wie meinen, aber es war mir egal.

„Du bist so weltgewandt und erfahren, nicht nur beim Sex, sondern im Leben." Ich hob meine Hand und wies auf mich. „Ich fange gerade erst an. Warum willst du jemanden wie mich?"

Ich konnte nicht aufhören, sein Gesicht zu betrachten, sein eckiges Kinn und starke Kiefer, das Feuer in seinen Augen.

„Ich wollte dich bereits, ehe ich wusste, dass du noch eine Jungfrau warst. Als ich erfuhr, dass du noch unschuldig, unberührt warst..." Er schauderte, ließ seinen Blick aber auf mir. „Zu wissen, dass ich der einzige sein werde, der dich je haben wird, der je deine süße Pussy ausfüllen wird, lässt mich so verdammt hart werden. Ich will jeden deiner Lustschreie und die Feuchtigkeit zwischen deinen Schenkeln gehört nur mir."

Mir wurde ganz heiß. Meine Nippel wurden hart und mein Slip war klatschnass. In den ganzen Monaten habe ich nie diese Seite an Carter gesehen. Er war immer so geschäftsmäßig, kalt und professionell. Die Hitze, die er nun ausstrahlte, brachte meine Synapsen zum Schmelzen. Der kontrollierte Carter war so schon verdammt sexy, Neandertaler-Carter war unwiderstehlich. Mein Körper schmerzte unter seinem Blick und sehnte sich verzweifelt nach seinem Schwanz. Verzweifelt nach *ihm*.

„Ich sehe es in deinen Augen, Süße. Du willst mich auch."

Ich wollte. Oh Gott. Ich wollte.

Ich konnte es nicht länger leugnen. Er war wegen mir in die Bar gekommen und ich hatte den besten Sex meines Lebens gehabt. Ich war diejenige, die aufgestanden und weggegangen ist, ihn in dem Kingsizebett zurückgelassen hatte. Er hatte mich nicht gevögelt und war dann einfach gegangen. *Ich hatte es getan.* Ich hatte ihn benutzt, während er mehr wollte. Trotzdem war er hier. Er war zu mir nach Hause gekommen, hatte mich wie ein Gentleman zum Essen eingeladen und mir dann erzählt, dass er mich das Gehirn rausvögeln wollte. Und der Ring. Verdammt, ja ich wollte ihn. Für immer.

Absolut. „Ich liebe dich, Carter."

Er stöhnte bei diesen vier einfachen Worten und hob mein Kinn mit seiner Hand. „Es wird auch verdammt noch mal Zeit, dass ich es dich sagen höre." Er gab mir einen langsamen, sanften Kuss auf die Lippen und ich schmolz dahin. „Ich liebe dich, Emma. Heirate mich."

Ich konnte es immer noch nicht glauben. Seine Taten passten zu seinen Worten aber... „Du liebst mich?"

„Das versuche ich dir schon die ganze Zeit zu sagen, aber du bist so verdammt stur."

Ich lachte, als er meine linke Hand nahm und den Ring an meinen Ringfinger steckte. Er passte perfekt.

Als der Ring am Platz war, ließ Carter meine Hand nicht los und er stand auch nicht auf. Er sah mich einfach nur an und ich konnte nicht wegsehen.

„Emma? Willst du mich heiraten?"

„Ja."

Natürlich.

Ich warf mich in seine Arme. Er fing mich auf und ich küsste ihn in dem Bedürfnis ihn hart und heiß und *echt* zu fühlen. Gott, es war echt! Er gehörte mir.

Wir schafften es nicht vom Teppich. Ich wollte ihn fühlen, küssen, ficken, aber mein Bett war zu weit weg. Ich knöpfte sein Hemd auf und zerrte mir mein T-Shirt über den Kopf.

Carter lachte über meinen Eifer,

der sich so von letzter Nacht unterschied, aber er hielt mich nicht auf. Im Gegenteil, er half mir sogar. Er öffnete meinen BH und während ich noch die Träger abstreifte, nahm er erst die eine, dann die andere Brustwarze in den Mund und reizte mich weiter.

Ich krallte mich in seine Haare und schrie vor Erregung auf.

Ich runzelte die Stirn, als er aufhörte. In mir erwachte ein dunkles, notgeiles Luder. Es hatte sehr, sehr lange in mir geschlummert. Jahre. Aber Carter hat es zum Leben erweckt und jetzt war es gierig. Sie wollte mehr, mehr Küsse, mehr Berührungen, mehr Carter, nackt und bestimmend und mit einem wilden Gesichtsausdruck in sie stoßend.

„Carter?"

Er senkte seinen Kopf zu meinem Bauch und küsste ihn sanft, dann sah er mich durch seine dichten Wimpern an. „Ich werde dich ficken, Emma. Ich will ungeschützt in dir sein, aber ich weiß nicht, ob du schon bereit für das bist, was ich will."

Ich war mir ziemlich sicher, was er wollte, aber ich fragte trotzdem. „Was willst du?"

Wir knieten voreinander und er zog mich näher an sich heran, Brust an Brust und sah mir in die Augen. „Ich will dich ficken, bis du schreist. Ich will dich pur. Ich will jeden heißen Zentimeter deiner Pussy spüren, wenn sie meinen Schwanz streichelt."

„Ja", ich wollte es auch. Ich wollte ihn spüren, ohne dass uns etwas voneinander trennte.

„Ich will, dass mein Baby in dir wächst."

Ich erstarrte und mir wurde bei

dem Gedanken ganz heiß. „Carter, ich—"

Er unterbrach mich mit einem Kuss. „Nicht jetzt. Du bist noch nicht bereit. Aber bald."

Ich nickte. Bald klang gut. Aber nicht heute. „Ich nehme die Pille." Ich griff nach seiner Gürtelschnalle und lächelte. „Kein Kondom, Carter."

Carter erlaubte mir, noch seinen Gürtel zu öffnen, aber dann war es mit seiner Geduld vorbei. Er sprang auf seine Füße und riss sich den Rest seiner Kleidung vom Körper, während ich wie verzaubert zusah. Dieser wunderschöne, perfekte Mann gehörte mir. Mir allein.

Und ich *wollte*, wollte diesen Schwanz, der vor meinem Gesicht auf und ab wippte. Ich wollte ihn schmecken und den hellen Tropfen von der Spitze lecken.

Ich lehnte mich grinsend vor und nahm die Wurzel seines Schwanzes mit einem festen Griff. Bevor er etwas unternehmen konnte, hatte ich in tief in meinem Mund, bis meine Lippen meine Finger berührten. Ich verwöhnte ihn mit meinen Lippen und meiner Zunge, glitt vor und zurück, wieder und wieder, während ich mit der anderen Hand nach seinen Eiern griff. Ich hatte es noch nie vorher getan, aber das hieß nicht, dass ich nicht wusste, wie es ging oder zumindest die Grundlagen kannte.

Carters Stöhnen und die Art und Weise, wie sich sein Schwanz in meinem Hals aufbäumte, zeigten mir, dass ich etwas richtig machen musste. Seine Finger griffen in mein Haar und er ließ mich nicht lange gewähren.

„Genug", Carter zog sich zurück und richtete mich auf.

„Ich liebe dich", ich musste es einfach sagen. Meine Gefühle waren so mächtig, dass sie förmlich aus mir raussprudelten. Ich hatte es so lange gefühlt und endlich konnte ich es ihm sagen, ihm zeigen.

„Du bist gefährlich."

Mir gefiel der Klang. Ich hatte zwar nicht viel Erfahrung im Schlafzimmer, aber ich wollte Carter auf jede Art und Weise gefallen. Meine oralen Künste waren ein guter Anfang.

Carter zog mir meine Yogahose mir einer geschmeidigen Bewegung runter und half mir herauszusteigen. Als wir beide nackt waren, überraschte mich Carter damit, dass er sich auf den Rücken legte und mich über sich zog.

„Reite mich. Wenn ich dich so ficken würde, wie ich gerne würde, wäre es zu schnell vorbei. Ich will dich beobachten, deinen perfekten Busen wackeln sehen, wenn du dir dein Vergnügen nimmst. Ich will dein Gesicht sehen, wenn du mich tief in dich aufnimmst."

Frauen nah oben. Ja. Das wollte ich ausprobieren. Ich wollte alles ausprobieren.

Ich kniete mich über sein Becken, griff zwischen uns und platzierte die Spitze von seinem harten Schwanz an meiner nassen Öffnung. Langsam, ganz langsam glitt ich auf ihn hinab, bis mein Hintern seine Oberschenkel berührte.

Wir stöhnten beide. Ich war noch nie in dieser Position gewesen und er war so groß, so tief in mir. Er füllte mich aus und ich begrüßte den Schmerz, die Erinnerung daran wie hart und schnell er mich letzte Nacht ausgefüllt hatte. Ich wollte es wieder. Mehr. Ich brauchte mehr.

„Scheiße. Es ist so gut. Ich habe es

noch nie getan, Emma. Noch nie ohne Kondom. Du bist auch mein erstes Mal. Du bist so heiß und ich kann jeden nassen Zentimeter von dir fühlen."

Seine Finger krallten sich in meine Hüfte, als er mich so weit hochhob, dass nur noch seine Schwanzspitze in mir steckte, ehe er mich wieder hinabließ. Danach half ich mit, glitt auf seinem Schwanz auf und ab und weinte vor Erregung.

„Reite mich, Emma. Reite mich, verdammt."

Ich bewegte mich selbstbewusster, verlagerte mein Gewicht, rieb meine Klit für eine Minute an seinem Bauch, nur um in der nächsten vollständig von ihm zu gleiten. Als ich mich schneller bewegte und ihn schnell und tief in mich aufnahm, stöhnte er und griff nach meinen Nippeln, spielte mit ihnen, reizte sie und brachte mich zum

Stöhnen, als er in die sensiblen Spitzen kniff und daran zog.

„Carter!" Ich schloss die Augen, legte meinen Kopf zurück und übergab mich ganz den Gefühlen, die wir teilten.

Ich liebte diese Position, aber ich kam nicht. Ich brauchte ihn, also wimmerte ich.

"Ich habe dich" seine rechte Hand blieb auf meiner Brust, aber er senkte die linke an meine Klit und begann sie hart und schnell zu reiben, während ich ihn weiterhin ritt, fickte.

Ich bewegte mich schneller und schneller bis mich mein Orgasmus überrollte und Carter die Kontrolle verlor. Er rollte mich auf meinen Rücken und ich legte meine Beine um seine Hüfte während er mich hart und tief fickte. Sein gesamter Körper über mir war hart wie Granit, sein Gesicht angespannt, während er mit einer Wildheit in mich stieß, die ich nie zu vor an ihm gesehen hatte.

Sein Rhythmus ließ mich noch einmal kommen und dieses Mal folgte er mir und ergoss zu ersten Mal seinen heißen Samen in mir.

„Mir. Du gehörst mir." Carter legte seine Stirn auf meine und sah mir in die Augen. „Ich liebe dich, Emma."

Ich küsste ihn wieder und wieder, zeigte ihm mit meinen Berührungen und meinem Körper, wie viel er mir bedeutete. Ich küsste ihn, bis er wieder hart wurde und mich noch einmal langsam lieben konnte, während wir uns an den Händen hielten und küssten.

„Ich war vielleicht dein Erster, Süße, aber du bist meine Letzte. Meine Einzige." Sein dunkler Blick hielt meinen und ich sah alles, was ich brauchte in seinem Blick. Alles. Ich sah für immer.

———

Lies Ihr Rockstar Milliardär nächstes!

Du musst verstehen
   Ich war schüchtern.
   Achtzehn.
   Und so verliebt, dass ich bereit war, alles aufzugeben.
   Aber er hat es nicht zugelassen.
   Er brach mein Herz.
   Stieß mich weg.
   Jetzt ist er zurück.
   Er ist ein Rockstar, ein Bad Boy, ein absoluter Egomane, ein Tattoo bedeckter Rock Gott, dem die nackten Frauen hinterherrennen.
   Er hat Platinalben, Geld, Ruhm.
   Jeder will ein Teil von ihm.

Jeder außer mir.

Das hatte ich schon mal.

Mein Herz zerbrach in eine Million Stücke, als er ging.

Innerlich bin ich immer noch zerbrochen.

Ich liebte ihn.

Ich vertraute ihm.

Und er zerstörte mich.

Nur eine völlige Idiotin würde ihn an sich ranlassen.

Aber wenn er mich berührt, schmelze ich.

Mein Herz rast.

Ich sehne mich nach ihm.

Schätze, ich bin doch nicht so schlau…

Lies Ihr Rockstar Milliardär nächstes!

BÜCHER VON JESSA JAMES

Mächtige Milliardäre

Eine Jungfrau für den Milliardär

Ihr Rockstar Milliardär

Ihr geheimer Milliardär

Ein Deal mit dem Milliardär

Mächtige Milliardäre Bücherset

Der Jungfrauenpakt

Der Lehrer und die Jungfrau

Seine jungfräuliche Nanny

Seine verruchte Jungfrau

CLUB V

Entfesselt

Entjungfert

Entdeckt

Zusätzliche Bücher

Fleh' mich an

Die falsche Verlobte

Wie man einen Cowboy liebt

Wie man einen Cowboy hält

Gelegen kommen

Küss mich noch mal

Liebe mich nicht

Hasse mich nicht

Höllisch Heiß

Dr. Umwerfend

Sehnsucht nach dir

Slalom ins Glück

Neues Glück

Rock Star

Die Baby Mission

Die Verlobte seines Bruders

ALSO BY JESSA JAMES (ENGLISH)

Bad Boy Billionaires

A Virgin for the Billionaire

Her Rockstar Billionaire

Her Secret Billionaire

A Bargain with the Billionaire

Billionaire Box Set 1-4

The Virgin Pact

The Teacher and the Virgin

His Virgin Nanny

His Dirty Virgin

The Virgin Pact Boxed Set

Club V

Unravel

Undone

Uncover

Club V - The Complete Boxed Set

Cowboy Romance

How To Love A Cowboy

How To Hold A Cowboy

Treasure: The Series

Capture

Control

Bad Behavior

Bad Reputation

Bad Behavior/Bad Reputation Duet

Beg Me

Valentine Ever After

Covet/Crave

Kiss Me Again

Contemporary Heat Boxed Set 1

Handy

Dr. Hottie

Hot as Hell

Contemporary Heat Boxed Set 2

Pretend I'm Yours

Rock Star

The Baby Mission

ÜBER DIE AUTORIN

Jessa James ist an der Ostküste aufgewachsen, leidet aber an Fernweh. Sie hat in sechs verschiedenen Staaten gelebt, viele verschiedene Jobs gehabt und kommt immer wieder zurück zu ihrer ersten großen Liebe – dem Schreiben. Jessa arbeitet als Schriftstellerin in Vollzeit, isst zu viel dunkle Schokolade, ist süchtig nach Eiskaffee und Cheetos und bekommt nie genug von sexy Alphamännchen, die genau wissen, was sie wollen – und keine Angst haben, dies auch zu sagen. Insta-luvs mit dominanten, Alphamännern liest (und schreibt) sie am liebsten.

HIER für den Newsletter von Jessa anmelden:
http://bit.ly/JessaJames

www.ingramcontent.com/pod-product-compliance
Lightning Source LLC
LaVergne TN
LVHW011827060526
838200LV00053B/3923